MW00723723

LA DOUCEUR ASSASSINE

Françoise Dorner, prix du Théâtre de l'Académie française, a reçu en 2004 le Goncourt du premier roman pour *La Fille du rang derrière*, salué par la critique en France comme aux États-Unis.

Paru dans Le Livre de Poche :

LA FILLE DU RANG DERRIÈRE

FRANÇOISE DORNER

La Douceur assassine

ROMAN

ALBIN MICHEL

© Éditions Albin Michel, 2006.
ISBN : 978-2-253-12099-5 – 1re publication LGF

Je l'ai rencontrée dans le 82. J'étais assis en face d'elle, au fond du bus, et elle regardait par la vitre, l'air absent. Elle ne ressemblait pas aux jeunes filles de son âge. En me levant pour descendre, j'ai risqué un œil sur sa nuque où glissait une mèche échappée de son chignon. L'arrêt brutal m'a propulsé vers l'avant contre un homme qui m'a repoussé d'un : « Pouvez pas faire attention, non ? » Ma tête a cogné la barre d'appui, j'ai lâché ma canne qui est tombée sur la jupe plissée bleu marine de la jeune fille. D'un geste naturel, un réflexe, elle l'a ramassée, me l'a rendue, et nous sommes descendus ensemble.

Sur le trottoir, elle m'a demandé : « Ça ira ? Vous voulez que je vous accompagne jusqu'à votre porte ? » Étourdi par le choc, je ne savais pas quoi répondre, j'avais perdu l'habitude qu'on se préoccupe de moi. Elle a dû prendre mon silence pour un scrupule et a précisé : « Ça ne me gêne pas, le lundi on n'ouvre pas avant quatorze heures. » J'ai hoché la tête en la remerciant et nous avons marché côte à côte, lentement, avec juste le bruit de ma canne qui ponctuait nos pas. Je cherchais une phrase à prononcer,

7

une question anodine et polie, et m'embrouillais l'esprit dans des banalités dont j'avais perdu l'usage.

Au coin de la rue, je me suis arrêté devant l'immeuble en briques rouges de la Ville de Paris, et j'ai regretté de ne pas habiter plus loin.

– Me voici rendu.

J'ai eu honte aussitôt de cette formulation désuète. Mais quand on a perdu l'habitude de parler, on s'exprime comme un livre.

J'avais envie de prolonger sa présence, et je lui ai proposé de lui offrir une orangeade dans le café d'en face. Elle a regardé sa montre, puis elle m'a dit avec un sourire :

– Une autre fois peut-être, parce que là, je vais être en retard à mon travail.

Elle m'a tendu la main en ajoutant :

– Au revoir, monsieur. Et merci pour l'orangeade.

Elle a traversé la rue en courant, et je l'ai regardée disparaître. J'étais incapable de bouger, comme si le temps m'avait rejeté en arrière, dans un vague souvenir d'adolescent troublé. La pluie m'a fait rentrer. En refermant les battants en bois de l'ascenseur, je me suis demandé combien de fois encore, dans ma vie, j'allais appuyer sur ce bouton du quatrième étage. Combien de fois le miroir allait me renvoyer cette image d'un vieux monsieur propret comme une publicité d'assurance vie, moi qui jadis terrorisais des générations de lycéens avec la logique de l'absurde et le choix de la mort en réponse au néant.

Après avoir accroché mon chapeau et mon manteau à la patère, je suis allé me laver les mains, puis j'ai ouvert la fenêtre et je me suis accoudé à la rambarde. Une salle de bains avec fenêtre, c'est un luxe de nos jours à Paris, pourtant je ne l'ouvre quasiment jamais. J'ai regardé les toits, les pigeons, le bout de clocher entre deux cheminées de brique, la trajectoire des avions qui se croisaient entre les nuages. La pluie s'est arrêtée, le soleil est venu chauffer mon crâne. J'ai fermé les yeux un moment, puis je suis allé m'asseoir entre les cinq chaises vides, devant la grande table de salle à manger qui ne rimait plus à rien. Madame Dune m'avait préparé un repas froid et servi comme d'habitude un verre de sancerre rouge. J'ai regardé la pendule qui ne carillonnait plus – et c'était préférable – pour m'apercevoir qu'on était en plein milieu de l'après-midi, et qu'il y avait bien longtemps qu'une journée n'était pas passée aussi vite. D'habitude, je me crée des objectifs réels ou fictifs entre les repas, pour m'empêcher de compter les heures, et je mange le plus lentement possible. Mais là, j'ai dévoré mon jambon, ma salade de tomates et mes trois Babybel comme si je fraudais mes propres lois. Déjeuner à quinze heures en douze minutes, cela ne m'était jamais arrivé. J'ai souri en finissant mon verre de vin, et je me suis promis que j'allais recommencer à me surprendre.

Le téléphone a sonné.

Pour la première fois depuis longtemps, j'ai écouté la sonnerie sans répondre. D'habitude, je décroche aussi vite que je peux – les coups de fil sont si rares et les gens si pressés – mais là je me demandais simplement si on allait me rappeler. On a rappelé.

– Oui, ai-je dit d'une voix grave.

– Papa ? Pourquoi tu n'as pas répondu ? Tout va bien ?

– Oui. Très bien. Quel temps fait-il à Dijon ?

– Mauvais, comme partout.

Pierre a enchaîné qu'ils étaient épuisés par ce premier trimestre, que la nouvelle loi sur le déremboursement de l'homéopathie était une catastrophe, et qu'il ne pourrait pas venir me prendre pour Pâques, cette année. Sa femme avait décidé qu'ils partiraient huit jours en Grèce.

– Et les enfants ?

– Ce ne sont plus des enfants, papa, ils mènent leur vie. Sports d'hiver, je crois. Nous, on se verra en mai.

– Comme tu veux, Pierre. Et ne t'inquiète pas, ce n'est plus vraiment de mon âge de chercher des œufs dans votre jardin, ai-je répondu d'un ton qui se voulait goguenard.

– C'est bien ce qu'on pensait, m'a-t-il répondu, soulagé. La prochaine fois, tâche de décrocher plus vite, on sait que tu sors rarement l'après-midi, et on imagine le pire. On n'a pas besoin de ça, en ce moment. On a hâte de te voir. Au fait, tu as des nouvelles de Colette ?

– Non.

Je me suis demandé depuis combien de temps il parlait au pluriel. Marié à une face de carême qui déteignait sur lui, radine et sentencieuse, il justifiait son inertie besogneuse en se plaignant.

Il a embrayé sur l'ingratitude de sa sœur, le Canada n'est pas si loin et un aller-retour en avion, ce n'est quand même pas la mer à boire. J'ai vaguement marmonné quelque chose, et nous avons raccroché.

Depuis que ma femme est morte, trois ans plus tôt, je suis celui qui reste, celui qui encombre. Il y a encore de la compassion autour de moi, bien sûr, mais à distance. « Il s'est bien remis, il a toujours fait face et c'est mieux de respecter son indépendance. De toute façon, papa ne s'ennuie jamais, avec tous ses livres. C'est un solitaire. » Je les entendais d'ici et je ne leur en voulais pas. C'est très prenant, une pharmacie.

J'ai mis le *Concerto* n° 21 de Mozart, et je me suis installé dans mon fauteuil en cuir noir défraîchi, mon fauteuil de lecture, qui avait pris l'empreinte de mon corps. À la fin du deuxième mouvement, j'ai repensé à la jeune fille à la jupe bleu marine et je me suis endormi.

Ce matin, j'avais un objectif bien réel. La retrouver. Sur la grande table, qui pour une fois servait à quelque chose, s'étalaient tous les plans de rues de mon arrondissement. J'avais quadrillé mon quartier. Avec mon chronomètre, j'imitais dans ma tête sa démarche pour essayer de repérer le lieu de son travail. Grâce à un vieil annuaire que je n'avais jamais jeté, je positionnais les différents magasins. Pas un seul commerce n'était rejeté *a priori*, même les plus ingrats. Travailler si jeune signifie qu'on a besoin de gagner sa vie et qu'on n'est pas regardant. Je ne devais négliger aucune piste.

Dans l'après-midi, j'ai pris mon chapeau et ma canne, et je suis parti comme Magellan à la recherche d'une terre étrangère. Je contemplais les vitrines, perplexe devant toutes ces nouveautés. J'entrais pour jeter un coup d'œil, identifier le personnel et ressortais. Je me tordais le cou pour voir si elle n'était pas à l'intérieur des boutiques de lingerie féminine, et je sentais le regard malsain des passants. Au début, gêné, je rasais les murs, mais au fil de mes investigations, je prenais de l'assurance et bravais les sourires en coin. Au bout d'une heure, je me suis arrêté dans un café pour reprendre des forces. Avec beaucoup d'application, sur mon cahier, j'ai écrit le nom des rues visitées.

Vingt minutes plus tard, ragaillardi par un café bien chaud, j'ai repris mon périple en sens inverse. Je ne laissais rien au hasard. Ni les ateliers dans les cours d'immeubles ni les impasses. Et soudain j'eus une révélation. « Le lundi, on n'ouvre pas avant quatorze heure. » J'éliminai immédiatement boucheries, poissonneries, cordonneries, et tous commerces fermés le lundi.

Je regagnai mon quartier général devant la table de la salle à manger. Je décidai de faire une liste, en demandant par téléphone les heures d'ouverture des magasins. Cela me prit jusqu'au soir. Et, pour la première fois depuis bien longtemps, je me suis mis au lit en ayant hâte de me réveiller.

Au bout d'une semaine, épuisé par mes recherches, cinq heures par jour sur le terrain, j'ai renoncé à sortir. Un coup de cafard, un coup d'à quoi bon. Pourquoi retrouver cette jeune fille ? Le bleu de sa jupe plissée me rappelait le lycée où j'avais enseigné la philosophie durant quarante ans, essayant de transmettre à mes élèves, pour qu'ils puissent accéder à une vie meilleure, le savoir et les valeurs qui ne m'avaient mené nulle part. Était-ce ce regard franc et direct, épargné par le voile prétentieux des études et pas encore éteint par la vie ? Cette douceur qui émanait d'elle ? Ou tout simplement le besoin de me créer un but, un passe-temps dans ma vie sans objet ? Depuis que j'avais pris mes distances avec les livres – entre les classiques qui n'avaient plus rien à m'apprendre, les contemporains qui se répétaient et l'amertume de ne pouvoir commenter mes lectures à quiconque –, je me trouvais dans la situation d'un gérant qui a terminé son inventaire et qui attend la fermeture. Contrairement à ce que pensent mes enfants, je m'ennuie. Je le cache par orgueil, et je m'y suis résigné sans honte.

J'étais bien jeune et sûr de moi quand j'ai écrit : « Le suicide est un acte de lâcheté. » Aujourd'hui je pense le contraire, mais c'est le courage qui me manque. Je n'attends plus rien, pourtant, et je n'ai pas de projets... D'ailleurs, j'ai jeté mon agenda. J'en avais assez de tourner des pages vides, de rayer des noms dans le répertoire. Perdre de vue les gens et les retrouver dans les avis de décès, c'est le privilège de l'âge, le seul. Survivre à ses aînés, à ses conscrits, à ses élèves, même parfois. Se dire que si l'on dure, c'est peut-être pour quelque chose, mais quoi ? Avoir si peu à exprimer encore et personne pour écouter. Quand j'ai pris ma retraite, j'étais certain de garder « le contact ». Ma réputation de sévérité impartiale ne me créait aucun lien en dehors des cours, mais les trois quarts de mes élèves avaient toujours eu la moyenne au bac en philo. J'avais le secret pour leur inoculer ce qu'attendaient les examinateurs, et j'étais certain que le bouche à oreille emplirait ma salle à manger de cours particuliers, rattrapages, préparations à hypokhâgne... Rien. Les seules nouvelles que j'avais jamais eues de mes anciens élèves, c'étaient des accidents de moto, des overdoses ou des suicides.

Socialement, il me reste un jour par mois : le premier samedi. Je déjeune avec une ancienne collègue de sciences naturelles, dans la brasserie au coin de ma rue. Que deviendrait Yvette Léry si je n'étais plus là ? Elle doit se dire la même chose.

Tout en mangeant goulûment ses hors-d'œuvre, Yvette me parle d'arthrose, de rhumatismes, de vésicule biliaire, puis elle enchaîne sur sa solitude en découpant sa viande. Il y a vingt ans que son mari est décédé, ils n'avaient pas d'enfant et elle n'a jamais refait sa vie. Elle termine toujours ses frites en larmes ; les frites lui rappellent la vie à deux.

– Vous au moins, vous n'êtes pas seul.

Quand ma femme est morte, elle a supprimé cette phrase pendant quelques semaines, par décence. Mais il me reste les enfants. Nous ne serons jamais sur un pied d'égalité.

– Pour Pâques, au moins, vous serez en famille, murmure-t-elle avec dépit en salant ses frites.

Le fait de lui répondre : « Non, ils ont d'autres projets », abolit soudain la distance entre nous, ce qui lui permet de commander comme moi, sans mauvaise conscience puisque nous sommes à un même niveau d'abandon, des religieuses au chocolat.

Après le restaurant, nous sommes allés nous promener au jardin du Luxembourg. Pendant qu'Yvette m'expliquait qu'elle était étonnée de si bien digérer son repas, je regardais, sans aucun voyeurisme, deux jeunes gens s'embrasser sur un banc, et je me revoyais petit étudiant sérieux ne pensant qu'aux études, isolé des autres et coupé du monde, en train de réviser mes cours. Dans ma famille, il fallait se construire pendant l'enfance et l'adolescence. Le temps gratuit de la jeunesse n'existait pas. On devait d'abord apprendre pour pouvoir vivre pleinement sa condition d'adulte. Et devenir un fruit sec avant même d'avoir été mûr.

Je me suis tourné vers Yvette avec une envie soudaine d'embrasser quelqu'un, au moins sur la joue, comme si je pouvais redonner jour d'un coup à ma jeunesse mort-née. Elle m'a éternué en plein visage, à plusieurs reprises.

– Pardon, je suis de plus en plus allergique au printemps. Je vais rentrer prendre mes médicaments.

En refermant la portière de son taxi, je me suis demandé si je la reverrais le mois prochain. Cela me paraissait si loin, et j'avais toujours l'espoir de trouver un soir le courage de conclure... En théorie, mon suicide était prêt depuis Pâques 2004 : j'avais dérobé ce qu'il fallait à la pharmacie de mon fils. La théorie et la pratique : mon cours d'attaque du deuxième trimestre, pendant quarante ans. Pour en arriver là. Nargué par trois boîtes de barbituriques cachées derrière le bicarbonate de soude, qui seraient périmées dans six mois.

J'ai repris le bus. À deux stations de chez moi, j'ai vu monter la jeune fille. Elle ne m'a pas aperçu. Elle s'est assise derrière le conducteur. Je ne savais pas quoi faire, trop ému de la revoir à un moment où je ne la cherchais plus. Deux stations, c'est si court. Je ne suis pas descendu à mon arrêt. Je me faisais honte. Je n'allais tout de même pas la suivre jusque chez elle... L'aborder. Et si elle ne me reconnaissait pas ?

L'autobus s'est arrêté, elle s'est levée, moi aussi, et

nous nous sommes retrouvés face à face. Avec un grand sourire, sans hésiter, elle m'a lancé :

– Tiens, bonjour ! Vous vous souvenez de moi ?

– Oui, ai-je murmuré, timidement, après un instant d'hésitation. Comment allez-vous ?

– Vous descendez ?

– Oui.

Et nous sommes descendus ensemble, comme la première fois.

– J'habite par là, m'a-t-elle dit en montrant du doigt une rue sur la droite. Vous êtes un peu loin de chez vous, non ?

– En fait, j'ai raté ma station. Je ne voulais pas descendre avant de vous avoir dit bonjour.

– Ah bon ?

Elle a souri. Cela me suffisait. Je pouvais rentrer à la maison, maintenant. Rien ne serait plus aussi triste qu'avant : j'avais trouvé le courage d'exprimer mon ridicule, d'être franc. J'aurais aimé lui demander où elle travaillait, mais je n'osais pas. Peur qu'elle se méprenne sur mes intentions. Elle m'a devancé.

– Si vous avez le temps, un de ces jours, passez me voir. Ça me fera plaisir.

Elle m'a tendu une carte de son magasin, tout simplement, sans équivoque ni fausse politesse, puis a traversé pour attendre le bus avec moi dans l'autre sens, m'a fait un signe quand je me suis assis, et elle est partie. J'avais envie de crier ma joie, ce qui ne m'était pas arrivé depuis la retraite. Quelqu'un s'intéressait à moi, je ne me sentais plus transparent, inutile, périmé.

Une fois rentré chez moi, j'ai regardé la carte. Le magasin s'appelait *Sirènes*, sans préciser ce qu'il ven-

16

dait. Je ne connaissais pas son prénom. Était-elle fiancée, séparée, libre ? Amoureuse, en attente ou en convalescence affective ?

Je me suis fait des pâtes à la moutarde comme au temps de mes études, avec des mystères plein la tête.

Au bout de deux jours, délai normal de décence, j'ai décidé de me rendre sur son lieu de travail. J'ai sorti du placard mon costume des jours heureux, une belle chemise blanche et, après avoir longuement hésité entre une cravate bordeaux ou bleu marine, j'ai opté pour la bleue. Soigneusement rasé et coiffé, j'ai ressorti le « Roger & Gallet » d'avant la solitude. En mettant l'eau de Cologne sur mes joues, j'ai fermé les yeux pour sentir le baiser que ma femme me donnait tous les matins, avant sa maladie. Puis j'ai regardé dans le miroir le vieil homme que je suis devenu, et je me suis senti grotesque de m'être ainsi apprêté pour une gamine. Mais je me suis ressaisi immédiatement. Je voulais simplement être présentable, ne pas lui faire pitié. J'allais mettre mon chapeau quand le téléphone a sonné.

– Oui, ai-je répondu sèchement.

– Ben dis donc, on est bien reçu, m'a dit Colette dont je n'avais pas de nouvelles depuis six mois.

Si elle appelait, c'était pour me demander quelque chose. À l'approche de la cinquantaine, elle était restée aussi tranchante qu'à dix ans. Le charme en moins.

Au prix des communications transatlantiques, elle est entrée immédiatement dans le vif du sujet. Son mari ayant pris sa retraite d'officier, ils avaient décidé de rentrer en France, l'an prochain. Sur un ton d'évidence, elle me proposait de lui faire, de mon vivant, la donation de la ferme de Canapville pour éviter les droits de succession, oubliant avec un naturel confondant la part de son frère. Agacé par ce ton d'ayant droit, j'ai immédiatement réagi, en mentant :

– Je l'ai vendue.

Il y a eu un long silence, et puis le ton est monté :

– Sans même m'en parler ? Alors que tu savais combien j'aime cette maison !

– Première nouvelle !

Mais comme à son habitude elle n'entendait que ce qu'elle voulait. Elle a continué, presque agressive :

– Ne me dis pas que tu avais besoin d'argent !

– Si. Pour me distraire.

– À ton âge ?

– Il n'y a pas d'âge pour avoir envie d'un peu d'argent de poche. Mais ne t'inquiète pas, le reste est placé : tu auras la part qui te revient.

Et j'ai raccroché. Très calme. Il y a bien longtemps que sa rapacité ne m'énerve plus. Le téléphone a résonné au moment où je fermais la porte. Je ne l'ai pas rouverte.

En marchant vers mon destin – cette phrase pompeuse me ravissait – je repensais à la vieille ferme de Normandie. Ma mère, qui détestait la campagne, l'avait reçue en héritage de sa sœur. Elle était persuadée que sa cadette lui avait légué cette « horrible grange délabrée » par jalousie d'avoir été toute sa vie une pâle copie. Ma mère promenait partout un air de supériorité qui décourageait toute affection. Sa certitude d'être la plus pieuse, la plus instruite, la plus dévouée, faisait le vide autour d'elle, alimentant ses théories sur l'ingratitude humaine. Personne ne trouvait grâce à ses yeux, et elle se demandait, chaque jour, comment le monde arriverait à tourner sans elle. Sa sœur à peine incinérée, elle avait accroché sur la ferme un écriteau À VENDRE. Au bout de quelques mois, l'écriteau fut emporté par une bourrasque et la maison laissée à l'abandon.

Plus tard, avec ma femme, nous avons pris un crédit pour la restaurer, en nous disant que les enfants seraient contents de venir pendant les vacances. Mais ils ne venaient jamais. À l'époque, la Normandie n'était pas un endroit à la mode. Ils voulaient qu'on s'en débarrasse pour acheter un trois pièces sur la Côte d'Azur, sans penser à leur mère, dont les sculptures intransportables envahissaient progressivement la grange et le jardin. Comment Colette avait-elle pu croire un instant que je m'étais résolu à vendre la ferme ? Je n'y allais plus, mais je ne pouvais pas m'en séparer : qu'aurais-je fait des sculptures ? J'aurais eu l'impression de renier ma femme. Colette ne m'avait même pas demandé ce qu'elles étaient devenues.

Je suis resté dehors à regarder la jeune fille plier des nappes. Elle était donc vendeuse d'accessoires ménagers, ma petite inconnue. La vitrine était remplie d'objets ravissants, inutiles et pleins de charmes : cache-théières, cache-pots, coussins, bougies, tapisseries et broderies. Le visage si doux de ma grand-mère penchée sur son ouvrage me revint en mémoire. Ses mains, pourtant usées par le travail des champs, redevenaient alors délicates et presque fines quand elle brodait. Elle le faisait en cachette. « Tu t'abîmes les yeux pour rien », disait ma mère.

Au moment de franchir le seuil du magasin, j'ai eu cette impression étrange d'ouvrir la porte d'une enfance qui n'avait pas été vécue. La jeune fille s'est précipitée vers moi, l'air heureux, comme si nous ne nous étions pas vus depuis longtemps. Elle a voulu me présenter à son employeuse, une rousse carrée alourdie de bagues anciennes, mais nous avons réalisé en même temps que nous ne savions même pas nos prénoms. J'ai réagi immédiatement.

– Bonjour madame, ai-je dit en enlevant mon chapeau. Armand Leclair.

La dame a enchaîné aussi sec, m'enlevant définitivement toutes mes illusions :

– Vous êtes son grand-père ? Je suis rassurée de savoir que Pauline n'est pas seule à Paris. Enchantée, a-t-elle ajouté en me serrant chaleureusement les mains.

Pauline a hoché la tête en me regardant droit dans les yeux, et j'ai répondu malgré moi :

– C'est la moindre des choses.

– Votre petite-fille est adorable. Je ne me suis pas présentée : Myriam Fell. Je ne sais ce que je deviendrais sans elle, elle a le chic pour me vendre l'invendable. Je ne sais pas si c'est de famille...

J'ai répondu par une moue de modestie.

Myriam Fell a regardé sa montre en soupirant.

– Prenez votre pause, Pauline, et allez déjeuner ensemble. Hier on a bien travaillé et aujourd'hui, personne. Il doit y avoir une manif, ou alors ils ont bloqué la rue pour les marteaux-piqueurs, c'est leur grande spécialité : ils cassent les trottoirs, ils les rebouchent et ils recommencent un mois après. Voilà où va la France.

Pauline est partie dans l'arrière-boutique pour chercher ses affaires.

Une cliente est entrée au même moment.

– Je peux vous renseigner, madame ? lui a demandé Myriam Fell toute souriante.

– Je jette un coup d'œil, lui a lancé l'autre avec mépris.

Devant mon air surpris, Myriam Fell m'a dit à voix basse :

– En général, ma clientèle est très agréable, et puis, de temps en temps, il y a une égarée, mal dans sa peau, qui cherche une tête de Turc, j'ai l'habitude. Vous n'étiez pas dans le commerce, vous-même ?

– Pas vraiment.

Pauline est revenue, et nous sommes sortis sous l'œil protecteur de Myriam Fell.

– C'est drôle qu'elle ait cru que vous étiez mon grand-père ! Vous trouvez qu'on se ressemble ?

Je l'ai regardée, déconcerté. J'avais imputé la réflexion de sa patronne à la différence d'âge, et elle, tout simplement, y voyait un air de famille.

– Nous avons peut-être des points communs. Vous n'êtes pas obligée de déjeuner avec moi, Pauline.

Elle m'a répondu d'un petit sourire en m'entraînant. Pendant que nous marchions, je savourais ce moment où j'avais prononcé pour la première fois son prénom. Devant un petit square derrière une église, elle m'a dit de fermer les yeux et de l'attendre. J'ai fermé les yeux avec plaisir. Au bout de quelques longues minutes, je les ai rouverts : la peur qu'elle m'ait oublié. Ou qu'elle ait rencontré quelqu'un de plus intéressant que moi. Mais elle est revenue en courant. Elle a sorti d'un sac deux Coca, deux doses de ketchup, et deux hot-dogs. Je m'en suis voulu d'être aussi vieux, non pas pour l'âge, mais pour la perte de confiance en l'autre, au fil des années, à force de subir l'indifférence, la désinvolture, les trahisons.

– Ça vous plaît, les hot-dogs ?

Un demi-siècle que je n'avais pas mangé de saucisses au ketchup. Mais le Coca-Cola, quand mes enfants étaient là, j'en prenais en cachette. Ils détestaient le Coca, la cigarette, la philosophie, le silence, tout ce que j'aimais.

– Oui, beaucoup, ai-je répondu doucement. Combien vous dois-je ?

– Vous paierez la prochaine fois, et elle a ouvert son sachet de ketchup.

– Avec plaisir, ai-je dit en m'efforçant de garder un ton neutre, tout en empoignant le Coca comme un jeune homme.

J'ai bu à même la canette, sans m'apercevoir que la moitié du contenu se déversait sur mon col.

C'est elle qui a crié : « Attention ! » En voulant prendre une serviette en papier dans le sac, elle m'a envoyé une giclée de ketchup. Un court moment de stupeur, tandis qu'elle regardait ma chemise et ma cravate tachées de rouge. Puis soudain elle m'a dit gravement :

– Elle était si jolie, votre cravate. Ça ne partira plus jamais. C'est de ma faute.

– J'ai d'autres cravates, Pauline, lui ai-je répondu avec un sourire.

Elle m'a demandé d'un air désarçonné :

– Vous ne m'en voulez pas, alors ?

J'aurais voulu la serrer dans mes bras pour la réconforter, mais j'ai craint qu'elle ne prenne ce geste pour une approche douteuse.

– Ce premier déjeuner sera un souvenir très agréable.

– Vous êtes sérieux ?

– Toujours, hélas. Ce qui aura manqué le plus dans ma vie, sans doute, c'est la légèreté.

– Il va falloir que j'y aille, a-t-elle dit avec un regard à sa montre.

En la ramenant à son travail, moi qui suis pourtant méticuleux et soucieux des convenances, je ressentais comme une fierté de marcher taché à côté d'elle. Avant d'arriver, je lui ai demandé avec beaucoup de délicatesse si elle était seule dans la vie.

– Mes parents sont morts dans un accident de voiture.

– Oh ! je suis navré. Ç'a dû être affreux, pour vous.

Elle m'a regardé droit dans les yeux :

– Le passé, c'est le passé.

Myriam Fell, très excitée par mes taches, a voulu savoir ce qui m'était arrivé. Je me suis surpris à inventer une histoire de petits voyous qui m'avaient aspergé de ketchup. Elle m'a aussitôt donné une chaise tout en pestant contre l'insécurité dans Paris.

– Venez vous asseoir, je vais vous chercher un verre d'eau.

Coincé entre les tapisseries, les laines, les tissus et les métiers à tisser, j'ai passé une délicieuse après-midi à écouter des mots inhabituels, à observer les clientes, à voir Pauline parler devant moi d'une laine Colbert, d'une Médicis, d'un mouliné spécial, couper de la toile Aïda ou du lin 12 fils. Atmosphère délicieuse et ouatée, féminine, presque d'un autre temps. Pauline m'apportait des magazines, des bonbons, des verres d'eau. Pour pouvoir rester jusqu'à la fermeture sans avoir l'air de m'incruster, je fermais les yeux au passage de Myriam Fell qui murmurait alors à une cliente : « Le pauvre, il a reçu un choc », tout en grossissant de plus en plus mon histoire de ketchup. À la fin de la journée, j'avais été agressé au cutter par une bande de casseurs de moins de quinze ans.

À dix-neuf heures, Pauline a descendu le rideau de fer.

Sur le trottoir, j'ai remercié Myriam Fell de son accueil. Avant de partir, elle m'a vigoureusement conseillé de porter plainte. Puis je me suis retrouvé seul avec Pauline. Une gêne nouvelle pesait entre nous. Il fallait se dire au revoir ou trouver un prétexte pour prolonger la journée.

– C'était très agréable, ai-je dit le plus sobrement possible.

– Tant mieux.

À dix-neuf heures sept, mon rêve s'est écroulé. Un jeune homme a traversé la rue et a embrassé Pauline dans le cou. Elle a fait les présentations.

– Monsieur Armand. Benjamin.

– Enchanté, a-t-il dit en regardant ma cravate.

Je l'ai détesté tout de suite.

Elle m'a dit au revoir, à bientôt, avec une douceur machinale, comme si j'étais vraiment de sa famille, et ils sont partis main dans la main.

Je suis resté avec ma canne, ma chemise et ma cravate tachées qui maintenant me faisaient honte.

24

J'ai dû prendre un taxi, anéanti par ce brusque rappel à l'ordre, ce retour à la réalité. Sur quoi peut déboucher une rencontre entre une vie qui se termine et une autre qui commence ? Le malentendu, l'illusion, la pitié. Je n'avais qu'à m'en prendre à moi-même. Je savais très bien ce que je risquais en me livrant à la gentillesse d'une inconnue. Je savais très bien que la moindre attention pour un homme de mon âge peut lui être fatale. L'indifférence tue à petit feu, mais la douceur assassine.

– C'est qui ce vieux ? lui a demandé Benjamin d'un ton autoritaire qui ne lui a pas plu.

Son visage s'est durci, elle a retiré sa main de la sienne.

– Tu me parles pas comme ça, d'accord ?

– Mais qu'est-ce que t'as ? C'est juste une question. J'm'en fous de ce type !

Elle allait dire « pas moi », mais elle s'est tue. Ils sont montés dans la voiture de Benjamin, en silence. Il ne fallait pas qu'elle gâche cette soirée. Pour la première fois, il l'emmenait dîner chez ses parents. Mais ce ton glacial, qu'elle ne lui connaissait pas et qu'il avait employé pour monsieur Armand, l'avait bloquée : elle s'était sentie attaquée à travers lui. Elle essayait de parler pendant le trajet, mais n'y arrivait pas.

Il est entré dans le parking, a garé sa voiture, puis éteint le contact. Il s'est tourné vers elle pour l'embrasser. Elle s'est laissé faire, conciliante, mais, pour la première fois, ça ne lui a rien fait.

– En plus, on m'a rayé la carrosserie, a-t-il pesté en fermant sa portière.

Dans l'ascenseur, elle s'est blottie soudain contre lui. Elle avait peur. Comme à chaque fois qu'un garçon lui présentait ses parents. Peur de rencontrer une vraie famille, de ne pas connaître les codes, le mode d'emploi. Peur d'être jugée. Peur que ces gens ne lui plaisent pas. Il s'est mépris sur son geste, croyant que c'était de l'amour.

Il a ouvert la porte blindée. Elle s'est retrouvée dans le grand appartement, tremblante et figée comme de la gélatine.

– Voilà Pauline ! l'a-t-il présentée comme un trophée à ses parents.

Ils se sont levés. Elle s'est approchée, modeste et sympathique, pour leur laisser toutes leurs chances.

– Bonsoir madame, bonsoir monsieur.

– Nous sommes ravis de vous rencontrer, mademoiselle, lui ont-ils répondu avec un grand sourire publicitaire, en la détaillant des pieds à la tête.

Entre les olives, les petits-fours salés et le champagne, Pauline se taisait, observait, écoutait. Les hommes parlaient voitures – normal, ils en vendaient – tandis que la mère était partie répondre au téléphone. C'était étrange de voir Benjamin ailleurs que chez elle. Dans son studio, il était plutôt réservé, sentimental, et là elle découvrait un autre garçon, sûr de lui, de ses compétences et de ses goûts. Habitué à être adulé, trop écouté, trop convaincant, trop tout.

– Jamais ils n'auraient dû sortir la version diesel : ce n'est ni notre créneau ni notre image.

– Ça reste quand même une Jaguar.

– Non, papa, la clientèle se rappelle d'un coup que c'est un moteur Ford, et ça rabaisse l'ensemble de la gamme. Toute la concession est d'accord avec moi.

Ce n'était plus le Benjamin qui se cachait avec elle sous les draps, mais un homme qui se prenait très au sérieux, et qui ne supportait pas qu'on le contredise. La mère est revenue.

– Tu en as mis du temps, lui a fait remarquer son mari. Pauline doit s'ennuyer à nous écouter parler métier.

– Je ne peux pas être partout, figure-toi. C'était ton frère. On ne pourra pas aller à l'île de Ré en juillet, ils y seront avec toute leur marmaille. Très peu pour moi.

– On ira en août, a répondu calmement son mari.

– Bien sûr ! Tu laisses faire, comme d'habitude ! Ça t'est complètement égal que je préfère juillet !

– Maman ! On passe à table, d'accord ? a coupé Benjamin.

Et ils sont passés à table. Après quelques minutes de silence, ils ont demandé à Pauline ce qu'elle faisait dans la vie. Elle a répondu vendeuse.

– Oui, mais dans un magasin de luxe, a ajouté immédiatement Benjamin.

Comme si le fait de gagner sa vie modestement était une tare.

– Vêtements ou bijoux ? s'est informée la mère en finissant son foie gras chaud.

– Point compté, a répondu Pauline d'une voix posée. Demi-point, quart de point.

– Les chiffres et moi, ça fait deux, a répliqué la mère.

Elle était rassurée. Cette petite liaison ne durerait pas. Son fils, elle l'avait fait, elle le connaissait mieux que personne : il aimait les filles qui en jetaient, assorties à ses voitures. Pauline lisait dans les pensées de cette femme sans inquiétude ni doute, et sa décision était prise.

– J'aime beaucoup les tapisseries, a dit le mari.

Sa femme l'a regardé comme un extraterrestre :

– Quel rapport ?

– Le point d'Aubusson, notamment. Mon épouse n'apprécie que l'art moderne, a-t-il précisé à Pauline.

Pauline a hoché la tête. Elle s'est dit que c'était dommage. Veuf, elle l'aurait bien aimé comme beau-père.

– Pauline adore les tableaux de Visniewsky, a dit Benjamin pour adoucir sa mère.

– Ah oui ? s'est-elle réjouie.

– Non, a répondu Pauline.

Benjamin a garé sa voiture, puis il est monté avec elle, mais elle n'avait pas envie de faire l'amour. Il a insisté, elle a refusé, il s'est vexé, il lui a dit qu'elle avait été odieuse à table, et finalement elle s'est laissé faire, comme une automate, pour qu'il se taise. Elle repensait à cette soirée. Ces parents étaient en conflit permanent, elle l'avait ressenti tout de suite. Elle ne pouvait pas les choisir comme famille. Elle aimait les gens simples, les rapports sincères et les non-dits. Comme avec monsieur Armand. Au moment où Benjamin jouissait, elle a eu un petit rire étouffé en repensant au ketchup. Il ne s'en est pas rendu compte. Il s'est affalé sur le lit en poussant un « wouah ! », mot qu'il employait souvent pour commenter sa performance. Mais cette fois-ci, Pauline ne l'a pas imité. Leur complicité était morte, elle le savait, mais pas lui. Il a dormi chez elle, et le lendemain elle s'est levée sans faire de bruit. Elle a enfilé sa jupe plissée bleu marine, celle qu'elle mettait quand elle voulait redevenir la petite fille d'avant l'accident. Elle est sortie, sans le regarder, sans lui laisser de mot.

En dégustant son croissant dans le bus, elle se disait que la semaine serait difficile. Benjamin allait lui téléphoner, l'attendre devant le magasin, et elle serait obligée, comme pour les autres, de lui dire que tout était fini. Il demanderait pourquoi, elle hausserait les épaules en disant : « C'est comme ça. » Et il deviendrait odieux.

Elle a remis les plis de sa jupe bien droits, et elle a sorti de son sac à dos une barre chocolatée en pensant que la vie était belle et qu'elle ne se lasserait jamais d'admirer Paris.

Je suis resté cloîtré chez moi, anéanti pendant quatre jours. Mon attitude est absurde, je le sais. Je cherche quoi exactement dans cette rencontre ? La volupté de me sentir encore un être vivant à part entière, ou de mettre entre parenthèses une solitude sans objectif ? Je n'ai qu'une certitude : Pauline, c'est un petit coin de ciel bleu, un espoir sans promesse. Si elle doit m'être fatale, cela n'a aucune importance. Mon cœur ne tiendra peut-être pas la route, mais depuis le temps que j'attends qu'il s'arrête... En voyant ce jeune avec elle, j'ai eu tout simplement une réaction d'homme jaloux, ce qui prouve que je suis encore capable d'avoir des sentiments, des prétentions, des révoltes immatures.

Dans un élan brutal, je suis allé prendre la carte du magasin dans mon portefeuille. C'est elle qui a décroché.

– Pauline ? C'est Armand Leclair.

– Ça va ? Je voulais vous appeler, mais je n'avais pas votre numéro.

J'ai pris un ton de léger reproche que j'ai aussitôt regretté :

– Je suis dans l'annuaire.

– J'y ai pas pensé, m'a-t-elle répondu en riant.

Sa voix enjouée m'a ravi immédiatement, et je m'en suis voulu d'avoir perdu quatre jours à m'apitoyer sur moi-même. Timidement, je lui ai demandé si je pouvais l'inviter à déjeuner dimanche.

– Oh oui ! Je déteste les dimanches !

– Moi aussi, mais sûrement pas pour les mêmes raisons.

– Je ne peux pas vous parler longtemps, j'ai une cliente. Je passe vous prendre à quelle heure ?

– Vers midi, lui ai-je répondu, désarçonné.

Elle a noté mon téléphone et mon adresse, et nous avons raccroché. Normalement, c'est à l'homme de passer prendre la femme, mais cette façon directe d'inverser les rôles me plaisait beaucoup. Plein d'enthousiasme, je suis allé prendre un Coca dans le frigidaire. Depuis Pauline, c'était devenu ma drogue. Madame Dune est rentrée à ce moment-là. En voyant la canette, elle m'a dit qu'elle comprenait pourquoi je me sentais parfois si déprimé, c'était la faute de ces excitants qui créent un état de manque, et si je continuais à boire ça, j'allais mourir d'une crise de nerfs. J'ai pensé immédiatement que ce serait une mort fabuleuse. Elle a posé mes courses sur la table – yaourt maigre, légumes bio, jambon sans couenne, café décaféiné, beurre allégé, fromage à zéro pour cent, et autres machins désincarnés que je ne digère jamais puisque je n'y prends aucun plaisir. Puis elle m'a dévisagé, attentivement :

– Vous avez changé de mine depuis tout à l'heure. On dirait que ça va mieux. Vous avez eu des nouvelles de vos enfants ?

– Oui, ai-je répondu pour avoir la paix.

– Les enfants, y a que ça de vrai. À quoi voulez-vous qu'on s'accroche quand on en n'a pas, hein ? Moi, si je n'avais pas ma fille, je ne sais pas ce que je serais devenue. Et elle gagne bien sa vie, vous savez, et en plus tellement gentille avec moi. Parce qu'on a beau dire, quand on est mère, c'est un plus dans la vie.

J'ai hoché la tête d'un air pensif, essayant de quitter la cuisine discrètement, mais elle a continué :

– J'étais à la teinturerie pour vos vêtements. Ils m'ont dit que les taches, c'est du Coca et du ketchup. Impossible à détacher ! Quand on voit ce que ça fait au tissu, on imagine les dégâts dans l'estomac.

– C'est aussi mon avis, lui ai-je dit avec un grand sourire en partant avec ma canette.

Elle a haussé la voix, pour lancer à travers la cloison :

– C'est votre femme qui aurait eu de la peine. Elle qui aimait tant cette cravate.

J'ai serré les dents. Je détestais ce rôle d'aide-mémoire qu'elle s'octroyait pour se rendre importante. Madeleine l'avait engagée au début de sa maladie, quand elle n'avait plus eu la force de tenir la maison toute seule, et madame Dune, au fil des mois, avait envahi de plus en plus souvent mon espace vital. À mesure qu'empirait la faiblesse de Madeleine, j'avais eu l'impression que cette Berrichonne obtuse gagnait encore en tonus. Je lui en voulais de cette énergie parasite, je lui en voulais de son dévouement sans compter, je lui en voulais d'avoir su se rendre à ce point indispensable. C'était trop tard pour reprendre ma liberté. Elle m'enterrerait.

J'ai réservé deux couverts au *Chalet des Îles*. Je savais que madame Dune était derrière la porte en train d'écouter.

– Dimanche treize heures, ai-je dit pour récapituler.

Elle est entrée immédiatement.

– C'est le samedi, madame Léry, m'a-t-elle soufflé comme si elle rattrapait une bourde.

J'ai précisé, après avoir raccroché :

– Oui, mais dimanche, c'est une autre personne.

Elle s'est pendue à mon regard pour attendre la suite.

– Vous ne la connaissez pas, ai-je conclu, d'un ton suave.

La sonnerie a détourné sa curiosité. J'ai décroché. Elle m'a interrogé du regard. Je lui ai dit que c'était mon fils. Elle est repartie dans la cuisine, rassurée. Pierre m'a demandé de mes nouvelles, m'a parlé de tout et de rien. Pendant ces riens, j'attendais avec une certaine jubilation la vraie raison de son appel. Après un long silence, la question est tombée :

– Au fait, c'est vrai que tu as vendu la ferme ?

– Pourquoi ? Tu aurais voulu que je la conserve en mémoire de ta mère ? lui ai-je demandé, sachant que sa réponse allait être déterminante.

– Tu aurais dû m'en parler, j'ai un très bon notaire.

– Je t'en aurais parlé si on s'était vus pour Noël.

– Tu sais bien que j'étais de garde. Tu n'as pas négocié tout seul, j'espère.

– Si.

– Tu t'es renseigné sur le marché, au moins ? Les prix ont terriblement augmenté en Normandie, tu sais.

– Je sais.

– Enfin, je n'ai pas à critiquer ta décision, mais... il y a quelque chose que je ne comprends pas.

J'ai cru avec un regain d'espoir qu'il allait me parler des sculptures de sa mère : où allais-je les entreposer ? Il a enchaîné aussi sec :

– C'est quoi, cette histoire d'argent de poche ?

Les ayants droit s'unissaient. Leur père liquidait le capital, il fallait faire front.

– Tu as vu le prix des cigarettes ? ai-je murmuré d'un ton innocent.

– Ce n'est pas drôle ! Si tu avais besoin d'argent, on est là, il fallait demander, m'a-t-il dit d'un ton agacé.

C'est bien la première fois qu'il se préoccupait de savoir si ma retraite me suffisait. *Demander !* Je n'aurais jamais pu. Le souvenir de ma grand-mère, obligée de rendre des comptes à sa fille, à un centime près. L'humiliation de la dépendance quand on n'a pas les moyens de vieillir dans la dignité.

– Nous en reparlerons à ton retour de vacances.

– Comme tu veux, papa. Tu restes à Paris ?

Je ne voyais pas très bien l'intérêt d'aller ailleurs tout seul. J'ai répondu :

– Oui, j'ai invité des amis.

– Ça ne va pas trop te fatiguer ?

– J'adore être fatigué, moi. À bientôt, Pierre, on se rappelle.

Et j'ai raccroché. J'étais certain qu'il allait passer de très mauvaises Pâques. Il est du genre à ressasser les situations qui lui échappent.

Je me suis enfin assis dans mon fauteuil pour savourer mon Coca. Je pensais à Pauline, si délicate, sans personne pour la guider, une jeune fille sans défense, ignorant le mal. Une proie rêvée pour les pervers narcissiques, à la merci de n'importe quel Benjamin de passage. Mais je serai là maintenant, pour la protéger, l'immuniser, l'emmener dans les musées, aux concerts, à Bagatelle ; elle a tellement de choses à partager avec moi, celle qui me redonne l'envie d'être joyeux.

L'idée de remettre en route ma voiture m'a sauté à l'esprit. Je me suis levé plus rapidement que d'habitude, j'ai pris mon manteau et ma canne, et je suis sorti pour aller au garage. Depuis la mort de ma femme, je ne voulais plus conduire, je ne voulais plus voyager ni jardiner, je ne voulais plus rien faire de ce que nous avions fait ensemble. Je marchais, assailli par les images de Madeleine sur des brancards, enfournée dans les ambulances, transférée d'un hôpital à l'autre, moi à ses côtés du soir au matin, impuissant devant ses souffrances, sa longue agonie, et personne pour nous aider. Nous étions là, tous les deux, hors de la vraie vie, hors du temps, ne comprenant pas ce qui nous arrivait, accrochés l'un à l'autre. Ces horribles pensées qui vous transpercent (Faites que tout s'arrête), et soudain son sourire qui vous émeut et vous redonne la rage de continuer à vous battre, d'attendre patiemment qu'elle s'endorme sous la morphine, ses bras transpercés de partout, pour pouvoir embrasser ses paupières bleutées et translucides comme je les ai embrassées toute notre vie...

J'ai retiré la housse du vieux break Citroën, et j'ai rebranché la batterie, seul geste que je connaisse en mécanique. Le moteur a démarré à la troisième tentative. J'ai pris cela pour un signe.

Dimanche. Il est onze heures du matin. Je suis prêt, je l'attends, impatient. Je n'arrive ni à lire ni à écouter de la musique. Assis, je compte les minutes qui me séparent d'elle. Soudain la peur me reprend, cette sale habitude de ne plus avoir confiance, de céder à la logique, d'être persuadé que le pire est toujours sûr. Elle m'appellera à midi moins cinq : « J'ai un empêchement, je suis désolée, je vous rappelle dans la semaine. » Pour elle ce ne sera qu'un rendez-vous reporté, à son âge les jours comptent peu, l'isolement n'existe pas. J'étais parti dans mes ressassements de cynique retraité, quand j'ai entendu tambouriner à ma porte. Je suis allé ouvrir, le cœur battant : c'était elle.

– Elle marche pas votre sonnette, ça fait cinq minutes que je frappe, vous m'avez pas entendue ?

Je ne suis pas sourd – enfin, un tout petit peu de l'oreille gauche, mais je me suis bien gardé de le lui dire.

– J'étais à l'autre bout de l'appartement, mais entrez, lui ai-je répondu en prenant la main qu'elle me tendait, blanche et fraîche.

L'autre main, cachée derrière son dos, m'a présenté un petit bouquet de violettes. Très gêné, j'ai balbutié :

– Il ne fallait pas... merci...

– Ça me fait plaisir, monsieur Armand.

Elle a regardé, méfiante, les livres qui envahissaient les bibliothèques de l'entrée et du salon.

– Vous avez lu tout ça ?

J'ai hoché la tête en me demandant si j'avais besoin de ma canne aujourd'hui.

– Et maintenant, vous faites quoi ?

39

Je ne pouvais pas lui répondre, je lui aurais gâché son dimanche. On ne dit pas à une jeune fille qu'après avoir étudié, travaillé, épousé, fait des enfants, on se retrouve seul, écarté de la société, sans illusions, encerclé de livres et de vieux meubles à souvenirs qui attendent patiemment votre mort pour pouvoir enfin assister en silence à d'autres vies, jusqu'au jour où une personne plus avisée les brûlera en les traitant de voyeurs.

– Maintenant ? Nous allons déjeuner.

Avant de partir, elle m'a accompagné à la cuisine, et, pendant que je remplissais le vase, elle coupait la ficelle des violettes. Sa présence à côté de la photo de ma femme, sur le frigo, m'a mis les larmes aux yeux. Elle n'a pas fait de commentaires.

J'ai laissé ma canne dans l'entrée.

– Je ne savais pas que vous conduisiez encore, m'a-t-elle dit en montant dans ma voiture.

Ce petit adverbe m'a contrarié pendant une partie du trajet. J'étais déjà mal à l'aise, n'ayant pas tenu un volant depuis trois ans. J'ai commencé à me détendre au moment où elle m'a dit d'un ton discret : « Je crois qu'on a brûlé un feu rouge. » Cette façon de s'associer à moi m'a enlevé la peur de ne pas être à la hauteur. Je retrouvais le plaisir de monter en régime avant de passer les vitesses et, pendant un court moment, j'ai eu la sensation d'avoir l'avenir devant moi.

Dans le bois de Boulogne, nous avons pris le petit bateau qui faisait la navette jusqu'au *Chalet des Îles*. Au milieu du lac, le passé m'a soudain rattrapé avec ses semelles de plomb. Je nous revoyais, ma femme et moi, faire un tour de barque avec les enfants le jeudi après-midi. Les canards et les cygnes étaient toujours là. Plus maigres.

Pourvu que Pauline ne me demande pas de ramer.

Un maître d'hôtel nous a conduits jusqu'à la table que j'avais réservée. Il a poussé les chaises sous nos fesses, a déplié nos serviettes et déposé les menus ouverts. Visiblement, Pauline était impressionnée par le luxe du décor et l'empressement du personnel.

– Pardon de vous poser cette question, mais vous faisiez quoi, avant d'être à la retraite ? a-t-elle murmuré avec gêne, comme si le travail était une maladie.

La retraite... Le rêve de sa génération, sans doute. Elle ne se doute pas qu'*après* il reste des années d'errance presque aussi longues que les années d'activité, que ce n'est pas le début du repos, mais une reconstruction lente et souvent douloureuse. Un apprentissage, ou alors un tunnel.

– J'ai enseigné la philosophie.

Elle a sursauté.

– Vous étiez prof ? J'aurais pas cru.

– C'est un compliment ?

– Non. J'veux dire : c'est pas marrant comme métier.

– Je pense l'avoir fait avec honnêteté, passion et bienveillance. La philo, pour vous, c'est un mauvais souvenir ?

– Je me suis arrêtée avant. Peut-être ça m'aurait plu.

– Il n'est pas trop tard. Je peux vous en parler, si vous voulez.

– Je ne veux pas vous prendre votre temps.

Un couple qui se disputait, à la table d'à côté, m'a

empêché de lui dire combien, moi, j'aimerais lui donner tout mon temps, et je fus soulagé de n'avoir pu me montrer trop pressant. Pauline s'est retournée et, avec autorité, leur a demandé de baisser le son, puis elle m'a avoué avec un grand sourire :

– Les livres me font peur, j'aime trop la vie.

Désarçonné par cette phrase, j'ai objecté que ça n'avait rien d'incompatible. La preuve : depuis que je n'aimais plus la vie, je délaissais mes livres. Elle s'est raidie.

– Pourquoi vous n'aimez plus la vie ?

– La vie n'est qu'un concept, Pauline. On aime des personnes, des animaux, des lieux. Parfois c'est une seule personne qui mobilise tout notre amour, et lorsque vous l'avez perdue, contrairement à ce que les gens croient, la vie continue. « Un seul être vous manque, disait Montherlant, et tout est repeuplé. » Vous vous retrouvez hagard au milieu de figurants, vous cherchez l'oubli dans la solitude et la solitude vous assèche au lieu de vous alléger. Voilà ce que je reproche à la vie. Nous commandons ? ai-je enchaîné d'un ton guilleret.

Elle a regardé son menu, toute désorientée par ma diatribe. Je me sentais soudain délicieusement bien. Mettre un malaise en phrases et déposer les mots dans un regard, c'était décidément le seul antidote à l'ennui.

– Je ne pensais pas que vous aviez eu des malheurs, a-t-elle dit en lisant les hors-d'œuvre. Vous avez l'air si... équilibré.

– Équilibré, oui, c'est le mot. Un grand bonheur, un grand malheur, quelques joies et leur pesant de déceptions.

– À la télé, j'ai entendu une comédienne dire que les livres, ça console de tout.

– C'est stupide. Un livre, c'est un miroir, un écho, parfois une réponse, le plus souvent un supplément de questions. Ça souligne, ça illumine ou ça obscurcit, mais ça ne console de rien. Je vais prendre la salade gourmande, le pavé Rossini et la crème brûlée.

– Ce n'est pas très bio, si ?

– Je fais régime toute l'année. Bourgogne blanc ?

– Comme vous.

Elle a refermé le menu, m'a demandé quels livres je lui conseillais. J'ai appelé le maître d'hôtel. Je n'avais pas envie de lui répondre, de la voir noter, puis repartir avec une liste. Après avoir commandé, j'ai promené un regard de bien-être sur les tables alentour, ces couples illégitimes et ces familles recomposées qui cherchaient des choses à se dire pour donner le spectacle d'une harmonie de magazine. Puis j'ai regardé Pauline.

– Je pourrais vous répondre : Spinoza a dit ça, Kant estime que, Schopenhauer ajoute, Sartre objecte, mais à quoi bon ? Demandez-vous ce qu'est l'existence, Pauline, la conscience, le jugement, la responsabilité. Et allons voir si tous ces vieillards décédés pensaient la même chose que vous. Ce que je vous dis, en d'autres termes, c'est que les livres ne vous seront d'aucune utilité si vous n'avez pas déjà dans votre esprit un schéma directeur, tout au moins une table des matières.

Je me suis arrêté. C'était mon introduction à la philosophie, mon cours de rentrée qui m'était remonté aux lèvres, spontanément, et elle buvait mes paroles comme si elles lui étaient réservées.

– Je peux vous dire quelque chose ?

– Bien sûr, Pauline.

– Tout a l'air possible quand on vous écoute.

Une bouffée de nostalgie m'a envahi. En quelques instants j'avais retrouvé ma passion pour la philosophie, celle qui m'avait poussé à enseigner, à transmettre, à sacrifier le reste. Mais au fond de moi je savais que cette passion n'existait plus, qu'elle n'avait pas survécu à ma femme. Face à la mort de la personne qu'on aime, tous les systèmes de pensée ne sont que du temps perdu, des cache-misère qui ne cachent plus rien. À moins que Pauline ait le pouvoir de redonner vie à mes livres. De leur rendre, à sa demande, une utilité.

Elle m'a parlé d'elle, pendant tout le repas. Sa conception de l'existence : un mari, une belle-famille, des enfants, des chiens, un chat, une grande maison... Je hochais la tête, un peu embrumé par le bourgogne. Au niveau des idées, elle était pour l'écologie et le commerce équitable. Elle trouvait que la gauche et la droite c'était pareil, mais que le maire de Paris aurait mieux fait d'électrifier les bus plutôt que d'empêcher les voitures de rouler. Bref, elle avait envie d'avoir un peu de culture et d'originalité, et apparemment elle comptait sur moi, comme on demande à son coiffeur une « nouvelle tête ».

– Je pourrais essayer, si j'en suis encore capable, de vous donner des cours.

– Ça serait cher ?

J'ai sursauté.

– Cher ? Ce serait plutôt à moi de payer pour qu'on m'écoute.

44

Elle s'est tue, gravement. Je l'avais peut-être blessée. Elle a fini sa crème brûlée, et elle a lancé, brusquement détendue :

– Vous voulez pas qu'on loue une barque ?

J'ai rougi. Toute la différence entre nous était là. Je n'étais plus en état de ramer, et elle avait tout loisir de s'instruire. Au moment où j'allais lui parler de mes problèmes lombaires, elle a enchaîné :

– Mais c'est moi qui rame.

Avait-elle deviné ? Dans le doute, j'ai pris cela pour de la délicatesse.

Ce fut un moment très doux de la voir manœuvrer comme un petit soldat sur le lac, entre les familles et les amoureux. Sauf lorsque le visage de ma femme venait en surimpression sur le sien, comme pour me rappeler qu'il y a des souvenirs qu'il ne faut pas mélanger. D'un autre côté, ça ne faisait de tort à personne. Je lui signalais les obstacles, donnais la position des équipages alentour et elle n'en faisait qu'à sa tête, coupant la route aux prioritaires et percutant les lambins, prenant un malin plaisir à jouer au canot tamponneur.

Le charme s'est rompu quand j'ai senti à nouveau la terre ferme ébranler mes vertèbres. En regagnant la voiture au pas de course, car elle devait être chez elle à dix-huit heures, elle m'a dit combien elle était heureuse d'avoir passé cette journée en ma compagnie.

– Moi aussi, ai-je répondu en refermant sa portière.

Exténué par notre marche, mais gardant le sourire pour qu'elle ne s'en aperçoive pas, je me suis installé au volant, soulagé. J'ai tourné la clé de contact. Le moteur s'est mis à toussoter, et puis rien. Un peu tendu, j'ai réessayé plusieurs fois, n'obtenant que de légers hoquets.

– Je crois que vous l'avez noyé, m'a-t-elle fait remarquer en regardant sa montre avec une petite moue. Il faut attendre un peu.

Au bout d'une minute de silence, j'ai refait un essai, sans succès. Exaspéré, je suis sorti de la voiture, sous la pluie qui commençait à tomber, pour ouvrir le capot. N'y connaissant strictement rien, j'ai touché au hasard deux ou trois pièces du moteur, essayé de faire tourner une courroie, sorti une grande tige qui m'a sali les mains. Je me suis penché pour dire à Pauline que je ne trouvais pas la panne, mais elle n'était plus là. En me redressant, je l'ai aperçue. Elle parlait à un jeune homme qui descendait de sa voiture rouge. Rassuré, je l'ai vue revenir avec lui.

– Vous avez de la chance, m'a-t-il déclaré en brandissant des câbles terminés par des pinces.

Il a branché ma batterie sur la sienne, puis s'est installé au volant à ma place.

Pauline s'est assise à côté de lui. Je suis resté sous la pluie, à la regarder froncer les sourcils, l'œil sur sa montre, à chaque essai raté.

Le jeune homme est ressorti de mon auto pour se planter devant moi.

– Je suis désolé, votre batterie est complètement à plat, elle va finir par me décharger la mienne. Je vous appelle un dépanneur. Et ne vous inquiétez pas, je ramène mademoiselle chez elle.

Pauline m'a dit au revoir en m'embrassant sur la joue.

– Je vous rappelle dans la semaine, et encore merci pour tout.

Elle est allée le rejoindre, comme si elle le connaissait depuis toujours. En un instant, je me suis retrouvé fissuré de partout. Notre complicité, mes connaissances l'avaient intéressée quelques heures, mais le premier jeune homme venu l'emportait avec lui. Derrière le volant, les mains pleines de cambouis, les vêtements trempés, je fixais le capot laissé ouvert qui me gâchait la pluie. J'avais rêvé quelques jours durant que je pourrais vivre un peu comme les autres, mais je m'étais trompé. Vivre quoi ? Elle ne sera jamais ma femme, ni ma fille, ni ma maîtresse, alors où est sa place ? Pauline a des jeux de son âge, et moi j'ai confondu l'espoir et la détresse. Tout ce que je peux lui offrir, c'est une liste de livres à lire pour qu'elle fasse illusion auprès de gens incultes.

En attendant le dépanneur, j'ai ouvert la boîte à gants et j'ai retrouvé un paquet de cigarettes du temps de l'attente dans les hôpitaux. J'en ai pris une, et quand le dépanneur est arrivé, je lui ai demandé de me l'allumer.

Pauline a eu comme un coup de foudre en voyant Mathieu. Et comme c'était réciproque, ils sont repartis ensemble. Elle n'a pas pensé une seconde à la réaction de monsieur Armand. Elle n'est pas rentrée chez elle. Après tout, elle n'y tenait pas plus que ça, à ce feuilleton de dix-huit heures.

Entre son travail et Mathieu, elle n'a pas eu le temps de téléphoner à monsieur Armand. Il lui avait laissé un message disant qu'il était bien rentré, qu'il avait une batterie neuve et qu'il était désolé. Elle se demandait de quoi. Toujours un peu parano, les profs. En plus, celui-là, il était très fort pour ôter toute envie d'ouvrir un livre. Mais il était gentil. Attentif et touchant. Elle le rappellerait un de ces jours.

Le dimanche de Pâques, Mathieu l'a emmenée passer la journée au Tréport. Sur l'autoroute, la musique à fond, il roulait vite en mâchant du chewing-gum et, de temps en temps, il lui mettait sa main moite sur la cuisse. Elle l'a regardé de profil et lui a soudain trouvé l'air idiot.

Elle a passé une journée d'ennui et de froid, réchauffée un court moment par des moules marinières.

Il adorait crapahuter dans les galets, elle n'aime que la sensualité du sable qui s'enfonce. Il l'a définitivement perdue en lui disant avec fierté qu'il était brouillé avec toute sa famille.

Il l'a déposée à dix-huit heures devant sa porte, elle a claqué la portière en disant « salut », et elle est montée voir le feuilleton qu'elle avait raté le dimanche d'avant. Puis elle a téléphoné à monsieur Armand, mais ça ne répondait pas.

À vouloir faire le jeune homme sous la pluie, j'ai été aphone presque toute la semaine, ce qui m'a empêché de céder à la tentation d'appeler Pauline. Dimanche, je me suis levé à six heures pour rendre visite à ma femme, morte le matin de Pâques. D'habitude mon fils m'accompagne au Père-Lachaise, m'emmène ensuite à Dijon pour me changer les idées, s'évertue à m'apprendre les échecs ou le bridge sur son ordinateur, et me remet dans le train le lundi après-midi. Il faut bien ouvrir la pharmacie le mardi matin.

Devant la tombe, j'ai sorti de ma poche un gros stylo de feutre noir, et j'ai écrit mon nom à côté de celui de ma femme. Ma décision était prise. En me reculant pour apprécier de mon vivant nos deux noms accolés, j'ai croisé le regard amusé d'un gamin dont la mère se recueillait sur la tombe voisine. J'ai souri à mon tour, et j'ai compris à ce moment-là pourquoi j'allais commettre ce que les faits divers appellent l'« irréparable ». Je voulais rejoindre ma femme, mais je voulais surtout fuir Pauline. Garder ma dignité d'homme, refuser de m'accrocher à un feu de paille, et lui laisser un beau souvenir – si tant est qu'on puisse appeler ainsi l'image d'un vieux radoteur en panne de batterie derrière un capot ouvert. Mais je lui faisais confiance pour enjoliver ma mémoire : les jeunes filles comme elle, ça cristallise.

En rentrant chez moi, je me suis promené comme un étranger dans l'appartement pour jeter un dernier coup d'œil à ce qu'avait été ma vie. Tout me semblait froid, poussiéreux, austère. En regardant mes livres, je me suis demandé lesquels seraient jetés par mes enfants, lesquels seraient gardés, lesquels seraient vendus au mètre. Le reste ne m'importait pas, mais pour certains ouvrages qui avaient tant compté, je me faisais vraiment du souci. J'espérais de toutes mes forces qu'ils allaient continuer à vivre, trouver d'autres lecteurs, créer de nouveaux liens. J'aurais pu les léguer à Pauline, mais je n'avais plus la force. À trop vouloir préparer un départ, on le diffère. Déjà, de mon vivant, j'avais renoncé à déménager à cause de ma bibliothèque.

J'ai resserré le nœud de ma cravate tachée avant d'entrer dans ma chambre. Le téléphone a sonné plusieurs fois. Au lieu de décrocher, j'ai regardé ma montre : il était dix-neuf heures cinquante-quatre. Pour la dernière fois de ma vie.

J'ai écrit sur mon vieux papier à en-tête : « Voilà, j'ai mis fin à mes jours. Merci à tous. » Et je suis allé dans la salle de bains.

Le lundi de Pâques, madame Dune sonna chez monsieur Armand pour lui apporter une cloche en chocolat. Par gentillesse. Au bout de quelques minutes, impatiente, pestant contre la surdité des vieillards qui refusent de se faire appareiller, elle ouvrit la porte avec sa clé, mais, pour la première fois depuis qu'elle le connaissait, il avait mis la chaîne de sécurité, ce qui l'empêcha d'entrer. Étonnée et inquiète, elle cria plusieurs fois : « Monsieur Armand » et, comme il ne répondait pas, elle alerta immédiatement les voisins.

Après avoir défoncé la porte, les pompiers entrèrent dans l'appartement, suivis de madame Dune qui leur brandissait sa cloche en disant qu'elle était la femme de ménage. Ils trouvèrent le locataire recroquevillé sur le carrelage de la salle de bains, tout habillé. Pendant qu'ils essayaient de le réanimer, madame Dune, refoulée dans la chambre, découvrit la lettre sur le bureau. Quand ils passèrent avec la civière, elle leur montra le mot, avant d'écraser sa cloche sur monsieur Armand en voulant l'embrasser pour la première fois. Un des pompiers lui dit, confiant :

– Il va s'en sortir.

Elle fit le signe de croix et lui serra les mains.

– Merci, monsieur. Merci pour lui.

Ils avaient emballé monsieur Armand dans une couverture chauffante. Madame Dune, en attendant le serrurier, répondait aux questions de la police qui venait d'arriver avec le SAMU.

Quand tout le monde fut parti, elle prit le carnet d'adresses de monsieur Armand pour appeler ses enfants. Elle eut Pierre sur son portable. Il prit la nouvelle comme un affront personnel. Avec une rage contenue, il jeta à madame Dune qu'il ne comprenait pas cette lâcheté, cet égoïsme : vouloir plonger sa famille dans le deuil en plein week-end pascal, sans même un coup de fil, en laissant ce mot sec qu'il mettrait des années à digérer. En plus, il était coincé sur une île en Grèce, et il ne pourrait prendre le ferry que le lendemain. Avant qu'il raccroche, madame Dune parvint à lui répéter la phrase du pompier : « Il va s'en sortir. » Il n'y eut pas de réponse.

Au deuxième numéro, elle fut soulagée de tomber sur la boîte vocale de Colette, au Canada. Elle laissa un message laconique, soudain lasse d'avoir à redire dans le détail ce qui s'était passé. Puis elle se traîna jusqu'à la cuisine, prit six ou sept sucres, et les croqua avec frénésie pour combattre le malaise qui l'envahissait. Elle revoyait monsieur Armand couché sur le carrelage, tout seul. Et, pour la première fois, elle eut peur de l'avenir. Sans elle, il serait peut-être mort. Bien sûr, il avait des enfants, mais ils étaient loin. Tout comme sa propre fille dont elle n'avait plus de nouvelles, et qui ne serait jamais là pour recueillir son dernier soupir. Jocelyne avait grimpé dans l'échelle sociale, abattant tous les murs un à un, avec ce faux rire enthousiaste qu'elle répétait déjà, petite, devant la glace, et il n'était pas question pour elle de s'afficher avec une mère qui lui avait payé ses études en passant la serpillière chez les autres. Il y a bien longtemps que Jocelyne l'avait abandonnée, mais à force de parler aux autres du bonheur d'être maman, elle avait fini par y croire.

Au dernier sucre, elle sursauta en entendant le téléphone. Elle décrocha sans enthousiasme en pensant que c'était Colette qui rappelait, pour avoir des détails. Une jeune fille qu'elle ne connaissait pas lui demanda si elle pouvait parler à monsieur Armand. Elle répondit d'une voix monocorde qu'il avait eu un souci de santé et qu'on l'avait transporté à l'hôpital Cochin. En raccrochant, sans même avoir eu la curiosité de savoir à qui elle parlait, elle regarda ses mains blanchies à l'eau de Javel, maigres et déformées, et sa vie à quatre pattes sur le sol défila devant elle. Debout, elle faisait illusion, jouant la bonne humeur pour être appréciée des autres, mais son vrai visage elle le réservait aux carrelages et aux parquets. Eux ne la jugeaient pas. Elle reprit un sucre en entendant le serrurier arriver et lui lança sur un ton presque sinistre :

– J'vous sers quelque chose pendant que vous réparez ?

– C'est sympa, il n'y a pas beaucoup de gens qui nous le proposent. Je veux bien un café.

Elle le fixa en souriant juste avec les lèvres. Un petit

ressort s'était cassé en elle, mais elle ne le savait pas encore.

Pauline arriva en courant à l'hôpital. Elle demanda la chambre de monsieur Leclair.

La réceptionniste, lentement, tapota sur son clavier :

– On ne peut pas le voir pour le moment, il est aux urgences. Vous êtes de la famille ?

Elle répondit instinctivement :

– C'est mon grand-père.

– Si vous pouvez attendre, je vais essayer de faire prévenir le médecin.

– J'ai tout mon temps. C'est grave, ce qu'il a ?

– Je ne sais pas, mademoiselle.

Pauline hocha la tête. Après l'accident de ses parents, c'était pareil. On ne lui avait rien dit, mais elle avait compris qu'elle ne les entendrait plus jamais s'engueuler, ni hurler en pleine nuit, et qu'enfin elle pourrait dormir sans sangloter sous sa couette. Elle n'avait donc pas pleuré quand sa marraine lui avait expliqué avec beaucoup de gentillesse et de patience qu'ils étaient partis pour un long voyage et qu'elle ne les verrait plus. Elle s'était abstenue de lui sauter au cou lorsqu'elle avait ajouté que dorénavant elles ne se quitteraient plus.

Maquillée, apprêtée dès le matin, sa trop jeune mère ne l'embrassait jamais avant de partir sur les routes, redoutant qu'elle ne la salisse avec sa confiture. Représentante en bijoux fantaisie, elle rentrait tard, quand Pauline était couchée. Son père, lui, était aide-pâtissier au chômage, et il buvait en l'attendant.

Presque toutes les nuits, réveillée par leurs cris, elle entendait sa mère lui balancer qu'elle allait le quitter, qu'elle en avait marre de l'entretenir. Il hurlait « salope » et d'autres mots encore accompagnés d'un bruit de vaisselle. De temps en temps, dans un accès de méchanceté, elle lui aboyait qu'elle avait connu un tas d'hommes avant d'être enceinte, et elle claquait la porte de sa chambre. Il criait de plus en plus fort jusqu'à ce qu'il s'endorme dans un coin, et le silence revenait.

Un samedi, ils ont emmené Pauline chez sa marraine à la campagne, avec sa valise. Ils voulaient être tranquilles, sans la petite, pour essayer de se réconcilier encore une fois. Il faisait beau, sa mère conduisait son Opel toute neuve, décapotée. Pauline était assise derrière eux. Elle jouait à happer l'air pour retenir sa respiration le plus longtemps possible. Sa mère l'a regardée dans le rétroviseur :

– Mets ta ceinture, Pauline !

– Non ! a-t-elle dit d'un ton sec.

Il a enchaîné :

– Écoute ta mère, et fais pas chier !

– Je veux pas, a-t-elle répondu en les détestant tous les deux.

– Attache-toi Pauline ! a ordonné sa mère de sa grosse bouche peinte en rouge, dont elle ne connaîtra jamais le goût.

Butée, elle a remonté ses jambes, et elle s'est blottie contre le siège en croisant les bras. Sa mère s'est retournée, la main tendue pour la gifler. Tandis qu'elle se penchait pour essayer de l'attraper, la voiture a quitté la route. Pauline a été éjectée avant que la voiture n'aille s'encastrer dans un arbre. Elle était vivante parce qu'elle avait refusé de s'attacher.

Une main lui tape sur l'épaule. Elle sursaute, sans oser se retourner. Une voix grave lui dit :

– Votre grand-père est réveillé, il va bien, mais il doit se reposer. Vous pourrez le voir demain.

– Mais qu'est-ce qu'il a ?

– Il vous expliquera, mademoiselle. Il aura besoin d'être entouré.

Elle fixe un long moment le médecin en se mordant les lèvres, puis murmure : « Très bien », avant de se précipiter vers la sortie.

Dehors, Pauline reprend son souffle, troublée par les mots du médecin qui lui a parlé comme si elle était l'unique famille de monsieur Armand. Elle conclut qu'il n'en a pas et décide de changer sa vie. Elle ne sortira plus avec des garçons uniquement pour se choisir des parents de remplacement qui ne lui conviennent jamais. D'ailleurs, pour la première fois, avec ce Mathieu dépanneur de batterie, elle a ressenti un léger dégoût. Une sensation désagréable, comme si tous ces amants n'étaient que des intermédiaires, qui prenaient son corps comme une commission en nature sur les éventuels beaux-parents qu'ils allaient lui fournir. Longtemps, elle s'était persuadée qu'elle aimait faire l'amour, mais qu'ils ne savaient pas s'y prendre. Aujourd'hui, elle a des doutes. Toutes ces nuits d'enfance à se boucher les oreilles pour ne pas entendre les cris rauques de sa mère, ça laisse des traces. Le genre de vérités sur lesquelles on tombe aux détours d'un roman. C'est pourquoi elle a renoncé à lire autre chose que des magazines de décoration.

Demain, elle demandera à monsieur Armand de lui apprendre à ne plus avoir peur des livres, et il ne sera plus jamais malade. Demain, elle lui dira qu'il va devenir son grand-père pour de vrai, sans intermédiaire, et que rien ni personne ne les séparera.

Assis dans mon lit, je finis ma compote de pommes et ma biscotte, presque honteux d'occuper une chambre d'hôpital à moi tout seul, sans prostate défaillante ni autre maladie qui flambe en vous d'un coup. *Je l'ai fait.* J'ai commis un suicide, et je ne sais toujours pas si c'est un acte de courage, de lâcheté, d'égoïsme ou de provocation altruiste. Tout va trop vite, on ne se rend pas compte des conséquences extérieures ni des répercussions intimes. Le problème, quand on passe à la pratique, c'est qu'on a du mal à revenir ensuite à la théorie.

Je ne l'ai pas entendue entrer. Pauline se tient dans l'encadrement de la porte. Nous nous regardons longuement, en silence.

– Vous allez rester longtemps ici ? me demande-t-elle d'une voix douce.

– Je ne savais pas où aller pendant le week-end de Pâques, lui ai-je répondu pour essayer de détendre l'atmosphère.

Elle m'a fixé gravement :

– Qu'est-ce qui vous est arrivé, exactement ?

– Erreur d'automédication.

– C'est-à-dire ?

– Un peu trop de somnifères.

Elle a tiré une chaise pour s'asseoir tout près de mon lit et elle a murmuré, en me prenant délicatement la main, d'un air très intéressé :

– C'était quoi, le problème ? Un coup de cafard ? Un moment de folie ?

– Au contraire. Et je vous en remercie. Toute ma vie, je me suis posé la question du suicide. En théorie. Pavese, D'Annunzio, Montherlant, Gary... Aucun système philosophique ne tient s'il n'intègre pas la problématique du suicide. Grâce à vous, je suis passé à la pratique.

– Grâce à moi ?

Elle s'est crispée, tout à coup. Je m'en suis voulu. J'ai tenté de lui exprimer ma reconnaissance, elle a pris ça pour un reproche. Au lieu de la détromper, j'ai confirmé :

– Le passage à l'acte est une question de perspective. La conscience de ce qu'on est devenu, opposée à la notion de ce qu'on voudrait être pour quelqu'un. Avant vous, je supportais d'être vieux, seul et inutile. De me survivre sans but. Vous m'avez donné un but, Pauline, vous m'avez prouvé que j'étais capable de mourir par exigence morale.

Elle m'a écouté avec attention, précaution, vigilance. Puis elle a dit :

– Mais vous n'en aviez pas vraiment envie, puisque ça a raté, n'est-ce pas ?

Surpris par la question, j'ai rougi. À voix basse, comme un gamin qui aurait fait un sale coup, je lui ai expliqué que j'avais eu un mal fou à sortir les somnifères de leurs alvéoles. Le temps d'en avaler cinq ou six, je m'étais endormi avant la dose mortelle.

Pauline a hoché la tête.

– Je comprends. Moi, ça m'est arrivé avec les...

Elle a détourné la tête.

– Avec quoi ? lui ai-je demandé, intrigué.

– Non, je ne peux pas vous le dire, m'a-t-elle répondu en pouffant dans sa main.

– Mais si, ça m'intéresse, ai-je insisté.

– Non, c'est quand je suis avec un garçon et que j'y arrive pas avec l'emballage, vous voyez...

Devant mon air interrogatif, elle a enchaîné :

– Pour les préservatifs... eh ben c'est raté aussi. Je veux dire : le temps que j'arrive à ouvrir, il n'a plus envie.

J'ai fait semblant de rire avec elle, mais je pensais à la dérision de nos gestes. Je la voyais, elle, dans une chambre de passage, et moi dans ma salle de bains, nous acharnant sur nos emballages pour essayer de vivre le mieux possible, chacun à sa manière, un instant unique. J'ai demandé :

– Vous croyez qu'il y a du Coca, ici ?

– Il y a des distributeurs dans tous les hôpitaux.

Elle m'a regardé longuement, puis elle a ajouté en serrant ma main dans la sienne :

– Après, je vous dirai quelque chose. Une décision que je viens de prendre.

Mon fils est entré à ce moment-là.

– Je dérange ? a-t-il demandé, la bouche pincée, en regardant nos doigts entrelacés.

– Pas du tout, nous parlions préservatifs, ai-je répondu, aimable.

– Bon, ben, j'y vais, a dit Pauline en lançant un « Bonjour » à Pierre avant de sortir.

Un temps. Mon fils a inspiré profondément avant de me demander :

– Qui est-ce ?

– Une amie.

Il s'est crispé, ce qui m'a fait ajouter en appuyant lourdement sur le mot :

– Très chère.

Il m'a jeté un regard noir.

– Je vois.

– Tant mieux. Tu n'aurais pas dû écourter tes vacances pour un suicide raté, mais c'est gentil d'être venu si vite.

Sans détourner les yeux, il m'a demandé d'une voix grave :

– Pourquoi tu as fait ça ? Pour me culpabiliser ?

– Je n'ai pas spécialement pensé à toi. C'était uniquement un problème d'exigence morale.

– C'est pour ça que tu parles de préservatifs avec une fille que tu ne me présentes même pas !

Je n'ai pas relevé. Depuis son adolescence, au bout de trois ou quatre phrases, un mur d'incompréhension se dresse entre nous. Et le malentendu s'est installé, d'année en année, débouchant peu à peu sur l'indifférence. Sans un mot, il est allé ouvrir la fenêtre. Il est resté un long moment à regarder dehors. Son dos s'était légèrement voûté et quelque chose de fragile émanait de lui. Mon fils prenait doucement le chemin de la vieillesse, suivait ma trace, et je n'étais pas foutu de lui dire que je l'aimais. C'était plus fort que moi. Il s'est retourné comme s'il avait deviné mes pensées.

– Dans la cour, il y a le même marronnier que celui du lycée.

J'ai acquiescé. À l'époque du marronnier, nous étions proches. De vrais complices, disait sa mère. On l'avait coupé l'année de ses dix-sept ans, avant qu'il ne devienne mon élève. L'année maudite qui avait tout gâché entre nous. J'étais bouleversé qu'il ait reparlé du marronnier. Je comprenais son appel, mais j'étais incapable de trouver les mots qui auraient pu abolir la distance entre nous, peut-être. Je n'ai trouvé qu'une phrase banale, d'inconnu à inconnu :

– Bientôt, il sera en fleur.

Il a hoché la tête en me fixant avec une intensité qui m'a troublé.

– Puisque tu n'es pas mort, profitons-en pour parler avant qu'il ne soit trop tard. Tu n'avais rien à me dire, avant de te suicider ?

Suffoqué par son autorité soudaine, j'ai répondu en esquissant une moue de pudeur. Le regard rétréci, il a enchaîné :

– Je ne suis pas résumable à ce que tu sais de moi, papa. Je ne suis pas simplement un pharmacien menant une vie morne et tranquille, mais ça tu t'en fous. Et tu n'es pas un pauvre père de famille en manque, délaissé par des enfants ingrats. Ça t'arrange de le croire. Mais tu as toujours vibré pour les étrangers, pour ceux qui t'écoutaient bouche bée, scotchés à tes paroles ! Tes élèves sont toujours passés avant moi, même quand j'étais l'un d'eux ! Tu les as toujours préférés à ta famille biologique. Leur *transmettre* tes valeurs, ça c'était ton truc ! Mais ils sont où, tes élèves, aujourd'hui ? Tu n'es plus sur ton estrade, alors ils t'ont oublié. Pourtant tous les soirs, c'était la même salade : mes élèves ont fait ci, mes élèves ont fait ça, et nous, tête baissée dans le potage, on attendait que ça passe. Parce que c'était pareil avec Colette ! Et maman, pourquoi tu crois qu'elle faisait des sculptures toute la journée, des sculptures de plus en plus grandes, qui envahissaient tout ? Toi, le philosophe, tu n'avais pas déchiffré le message ?

Je ne comprenais pas ce qu'il me disait. Toute ma vie, je me suis battu pour que ma famille ne manque de rien, pour que mes enfants fassent des études, toujours près d'eux à Noël, à Pâques, aux grandes vacances, même si ce temps libre me paraissait parfois long. J'ai toujours dissocié mes élèves de ma famille. Me refusant à tout favoritisme, je pensais que cela intéresserait mes enfants de partager ma passion, de mieux la connaître. Mais là, il insultait la mémoire de sa mère. Je lui ai demandé de quitter la pièce.

Le visage dur, il est allé ouvrir la porte, puis il s'est retourné, sans voir Pauline qui nous regardait, les Coca à la main.

– Tu ne connais rien de ma vie, papa. Rien de mes rêves, ni de ce qu'ils m'ont coûté, à tous points de vue. Mais je ne suis pas aussi lâche que toi pour me suicider, et foutre tout le monde dans la merde en trouvant ça marrant. J'ai des principes, moi. Je n'ai pas que des rancœurs.

J'ai ouvert la bouche pour répliquer, et il s'est passé une chose navrante. Mon nez s'est mis à piquer, j'ai éternué. Les dents serrées, Pierre est venu couvrir ma poitrine. J'ai rejeté le drap, furieux de cette situation d'infériorité qui me mettait à la merci de ses reproches comme de sa sollicitude. Il a insisté :

– Ne t'enrhume pas, en plus.

En sortant, il a heurté Pauline. Il n'a rien dit. Elle l'a suivi du regard, puis s'est approchée de mon lit, m'a donné mon Coca en me disant d'une voix presque neutre :

— Je ne savais pas que vous aviez des enfants.

J'ai hoché la tête en pensant à Pierre, à cette rage que je ne lui connaissais pas. J'avais passé l'âge des confrontations, et j'ai toujours détesté les rapports de force. Mais c'est mon fils, et je me suis demandé si j'avais été un mauvais père, ou si tout simplement il avait raté ses illusions et m'en voulait de ne pas avoir été là pour l'empêcher de rêver. Encore eût-il fallu qu'il m'en parle, de ses rêves. C'est trop facile d'accuser les autres d'être sourds quand on ne leur dit rien. Tout en buvant son Coca, Pauline est allée refermer la fenêtre.

— Il y a *déjà* des fleurs au marronnier, a-t-elle murmuré en revenant s'asseoir près de moi.

Elle avait tout entendu, mais j'ai fait comme si de rien n'était, soudain épuisé par cette excursion dans le passé. Pour essayer de revenir au présent, je lui ai demandé du bout des lèvres :

— Vous vouliez me dire quelque chose, tout à l'heure... Une décision que vous aviez prise.

Elle a hésité avant de répondre :

— Je ne suis plus très sûre.

Nous sommes restés silencieux un long moment. Une grande fatigue m'est tombée dessus. Je n'ai pas pu rouvrir les yeux, ni lui dire au revoir quand j'ai entendu la porte se refermer.

Pauline hésitait. Devait-elle revoir monsieur Armand ? Elle l'avait choisi comme grand-père adoptif parce qu'elle éprouvait une réelle affection pour lui. Il était prévenant, drôle, rebelle, inattendu, et maintenant jaillissait une famille désunie, mais réelle. Elle était désorientée. Pourtant, pour la première fois, elle avait envie de faire le bonheur de quelqu'un, et non pas de fuir comme chaque fois par instinct de survie. Elle l'avait senti bouleversé après la visite de son fils. C'était cela qui la touchait : le chagrin de monsieur Armand. Il ressemblait au sien quand elle se cachait sous sa couette, fuyant les disputes de ses parents. Comme elle, il ne montrait rien, mais elle ressentait ces choses-là.

En traversant la cour de l'hôpital, elle a tout de suite reconnu son fils, adossé contre le mur d'en face. Il s'est dirigé vers elle. Il ne lui faisait pas peur. Il avait l'air malheureux. Il s'est planté devant elle en lui demandant qui elle était, et ce qu'elle faisait avec son père. Elle allait lui dire la vérité quand il a pris son bras brutalement. Elle l'a retiré avec violence.

– Ne faites plus jamais ça !

– Je vous interdis de le revoir. J'ignore ce que vous avez en tête, mais renoncez-y ! Ce n'est pas un vieillard sans défense, qui peut tomber sous la coupe de la première venue. Ma sœur et moi, on ne se laissera pas faire, c'est clair ?

Elle n'aurait pas réagi s'il lui avait dit qu'il aimait son père. Là, elle lui a jeté au visage :

– Je m'appelle Pauline et je lui ai juste donné un peu de mon temps parce qu'il était tout seul. Je ne savais pas qu'il avait des enfants : maintenant je comprends pourquoi il s'est suicidé.

Et elle est partie sans qu'il puisse ajouter un mot. Elle avait touché juste. Il se sentait à nouveau coupable du geste de son père. Mais ce qui le faisait le plus souffrir, c'était cette complicité qu'il sentait entre cette inconnue et l'étranger qu'était devenu son père. En les voyant ensemble à l'hôpital, deux hypothèses s'étaient imposées : Armand avait eu un autre enfant en dehors du mariage, ou alors cette fille était sa maîtresse. Il n'avait pas songé un seul instant qu'un troisième cas de figure pouvait exister. À présent, la sincérité criante de Pauline le laissait sans prise. Sa femme avait-elle déteint à ce point sur lui pour qu'il soit incapable désormais de ressentir chez les autres la générosité, la gratuité, le don de soi ?

Au bout de quelques minutes, Pierre est retourné à l'hôpital. Il est entré dans la chambre sans frapper. Il a trouvé Armand en plein sommeil. Il a tout de même dit : « Papa ? », assez fort, et il a attendu, absorbé dans la contemplation de ce vieil homme dormant à poings fermés, le visage détendu. Doucement il a retiré la chaise sur laquelle Pauline s'était assise, et il s'est mis à genoux en posant sa tête sur le lit. Puisqu'il n'entendait pas, il pouvait enfin se confier à lui. Dans un murmure, il lui a parlé de sa femme, devenue méprisante et sèche, du caniche nain qui l'avait remplacé auprès d'elle, de la pharmacie qu'il ne supportait plus, et de ses enfants qu'il ne voyait qu'avec un carnet de chèques à la main. Il lui a raconté ses rêves d'action humanitaire dans le tiers-monde qu'il remettait toujours à plus tard, quand les enfants seraient grands, quand sa femme aurait moins besoin de lui – et maintenant que les conditions requises étaient là, il se sentait trop vieux, il n'avait plus le courage. Il lui a dit qu'il était désespéré, et qu'il l'enviait d'avoir eu la force de passer à l'acte.

Il est resté comme ça un long moment, essayant de calquer sa respiration sur celle de son père. Il n'a pas entendu le médecin entrer.

– Vous êtes de la famille ?

Il s'est redressé d'un bond, comme pris en faute. Le médecin lui a fait signe de le rejoindre dans le couloir. Là, il lui a expliqué d'un ton rassurant qu'il avait discuté avec le patient : ce n'était pas un vrai suicide, tout au plus un appel au secours. Un chantage affectif, pour ramener auprès de lui ses enfants éloignés par les exigences de la vie. À présent, il avait honte de son acte, et il ne recommencerait plus. Néanmoins, ce serait gentil de le prendre pour les fêtes, par exemple, de temps en temps.

Pierre écoutait en hochant la tête.

– Il sort quand ?

– Après-demain matin. Mais tous les examens sont

bons. Il n'y aura pas de séquelles. C'est ce que j'ai dit à sa petite-fille pour la rassurer.

Pierre s'est tu, par respect pour lui-même, en serrant la main du médecin.

De l'appartement de son père, il a appelé sa sœur au Canada pour la rassurer. Elle a répondu qu'il avait perdu la boule pour faire une connerie pareille, et qu'il fallait obtenir un certificat de démence sénile pour le mettre sous tutelle et faire annuler ainsi la vente de la ferme. Pas un élan de pitié ni de compassion. Pour la première fois de sa vie, Pierre se sentait brusquement solidaire de son père. La mise sous tutelle... Ses propres enfants auraient-ils un jour cette même réaction envers lui ? Serait-il capable de les inquiéter, de gaspiller le fruit de son travail, de commettre des folies par amour ou par jeu ?

Il a raccroché sans parler de Pauline. Une rage sourde, une jalousie inconnue qu'il n'arrivait pas à raisonner lui serrait les tempes. La jeune fille lui rappelait tant de lycéennes qui, elles aussi, n'avaient eu d'yeux que pour ce professeur brillant et déstabilisateur, ce sadique triomphant qui empruntait à Nietzsche et Cioran les valeurs d'écœurement qui étaient ses meilleures armes de séduction – tandis que lui, Pierre, avec ses boutons, son esprit mathématique et ses complexes, galérait en pure perte auprès des filles de sa classe, qui l'évitaient d'autant plus que son père s'ingéniait à l'humilier pendant les cours.

Il a demandé à madame Dune si elle avait remarqué un comportement étrange chez son employeur, ces derniers temps. Elle a répondu oui : le Coca, les taches de ketchup et un mystérieux déjeuner au *Chalet des Îles*, d'où il était revenu aphone. Elle a ajouté :

– Ce n'est pas d'aujourd'hui qu'il essaie de se fiche en l'air. J'essaie de l'en empêcher autant que je peux mais, toute seule, qu'est-ce que vous voulez que je fasse ? Je ne peux pas être derrière lui vingt-quatre heures sur vingt-quatre.

Pierre a téléphoné pour prendre rendez-vous avec le juge des tutelles. On lui a dit de rappeler lundi.

Madame Dune est venue me chercher en me disant que mon fils était reparti à Dijon. Je lui ai fait remarquer qu'elle avait oublié de m'apporter ma canne. Avant de monter dans le taxi, elle m'a regardé durement, en pinçant les lèvres :

– J'y ai pas pensé. J'ai pensé à venir vous chercher, c'est déjà beau, parce que sans moi vous seriez rentré tout seul, alors d'abord vous pouvez dire merci, ça va pas vous écorcher la langue !

– Ne soyez pas hystérique, c'était une simple constatation, pas un reproche, ai-je répondu en refermant la portière.

Elle a hurlé :

– Arrêtez de me parler comme ça. Je ne suis pas hystérique !

Je lui ai répondu que ce n'était pas une insulte, mais un trait de caractère.

– Je le sais, que j'ai pas d'instruction ! C'est pas la peine de me le faire remarquer toute la sainte journée ! J'ai peut-être dû tout apprendre par moi-même, mais en tout cas je sais une chose que vous ne savez pas, c'est reconnaître quand il y a un être humain dans une personne, et chez vous y en a pas !

J'ai juste détourné la tête avec les yeux au ciel. Je pense que cette réaction l'a profondément vexée.

– De toute façon, je vous ramène chez vous et je m'en vais. C'est fini. Je ne viendrai plus travailler. Et si vous continuez à être aussi désagréable, vos enfants vont vous mettre sous tutelle, et ce sera bien fait.

Je n'ai retenu que le mot tutelle. Je n'avais pas envie de continuer le dialogue avec cette bûche, mais je n'ai pu m'empêcher de lui demander sur un ton qui se voulait dégagé :

– Pourquoi vous me dites ça ?

– Pour rien. J'ai entendu votre fils téléphoner, c'est tout.

Dans un silence de plomb, elle est montée avec moi dans l'appartement pour reprendre ses savates et se faire payer ce que je lui devais. J'ai ouvert les volets et les fenêtres pour ne plus sentir cette odeur de vieilleries qui me prenait à la gorge, et je suis allé chercher mon chéquier. Quand je suis revenu, elle était assise dans la cuisine devant la table en Formica. Tout en remplissant le chèque, je lui ai demandé la vraie raison de son départ. Elle s'est tournée vers moi, et d'une voix atone m'a lancé :

– J'en ai marre de votre indifférence. Je vous connais depuis huit ans, et vous ne savez rien de moi. Un « Ça va ? » distrait sans jamais écouter la réponse. Ça vous est égal, les problèmes des autres. Vous êtes tellement égoïste, préoccupé par vous-même, par votre savoir et vos maniaqueries, alors à force je viens de comprendre pourquoi vous êtes seul, et j'ai peur de devenir comme vous. Voilà. Ces cinq années de malheur avec votre femme ne vous ont pas amélioré. Toujours discrète et souriante, madame Dune, ça vous arrangeait bien. Jamais de plaintes, jamais d'ennuis, mais maintenant je suis fatiguée. Je ne veux plus parler au carrelage ni sentir l'eau de Javel, je vais me relever, monsieur Leclair, je ferai garde-malade rien qu'avec des gentils, et tant pis pour les autres. Vous connaissez mon prénom ? Même pas. Je m'appelle Liz. À cause de Liz Taylor. Ma mère l'aimait beaucoup, mais je n'ai pas eu sa vie. Le prénom, ça fait pas tout.

Je lui ai tendu son chèque sans dire un mot, et elle est partie, ses savates à la main, sans un regard pour ce qui avait été son décor du matin pendant huit ans. J'ai saisi une chaise et je l'ai balancée contre le mur. J'en avais plus qu'assez d'être pris pour un monstre. Passe encore pour mon fils – j'avais fait semblant de dormir par égard pour son orgueil, de peur qu'il n'aille encore plus mal en s'apercevant que j'entendais sa triste vie défiler devant lui, mais subir à présent madame Dune qui se prenait pour une victime avec son prénom de star et ses idées toutes faites, après m'avoir épié et infantilisé, profitant de ma solitude et de mon incapacité à faire face aux problèmes ménagers pour me faire payer ses échecs personnels, non !

« Sous tutelle. » Ces mots me revenaient sans cesse. Finalement, j'ai pris le parti d'en rire. J'allais enfin pouvoir m'amuser, sans aucun remords désormais, aux dépens de mes enfants. Ils l'avaient bien cherché.

En refermant la fenêtre de ma chambre, j'ai aperçu le petit bouquet de Pauline, fané. Je suis allé prendre un mouchoir de ma femme dans son armoire, et j'ai enveloppé les violettes pour les mettre dans ma poche. Comme elle faisait jadis avec les sachets de lavande ; j'en trouvais dans mes vestes aux changements de saison.

J'ai regardé les étagères. Rien n'avait changé depuis la mort de Madeleine. Chaque chose était à sa place, bien pliée, bien rangée. Comme beaucoup de veufs, je suppose, je n'avais pas eu le courage de donner ses affaires. De disperser les souvenirs, les odeurs, moments de vie prisonniers de ces matières mortes.

J'ai descendu la grande boîte en carton marquée VACANCES, et je l'ai ouverte. Parmi les affaires d'été, j'ai trouvé ce prospectus de projet de croisière vers les îles Galapagos que nous n'avons jamais eu le temps de réaliser. Différente de moi, Madeleine ne conservait rien du passé – uniquement des projets d'avenir. Avec calme et détermination, j'ai sorti tous ses vêtements, ses chapeaux, ses chaussures, retourné les tiroirs de la commode pour transformer notre lit en montagne de prêt-à-porter. Mon travail terminé, je me suis allongé pour sentir une dernière fois le parfum de ma femme, et j'ai téléphoné à la Croix-Rouge. Là, je suis tombé sur un serveur vocal qui m'a baladé de touche en touche sans me proposer de parler à un être humain.

Impatient de passer à l'acte, avant que l'envie de tout garder ne revienne, j'ai appelé l'Armée du Salut où enfin une personne m'a répondu. Ils ne se déplaçaient pas, mais on pouvait apporter ses vêtements au niveau du 31 boulevard Saint-Martin, en descendant quelques marches d'une ancienne station de métro mise à leur disposition. La personne m'a remercié avant de raccrocher, et cela m'a aidé à ne pas fléchir. J'étais en train de me demander comment j'allais procéder pour me rendre là-bas quand on a sonné à la porte. Je suis allé ouvrir. C'était Pauline qui m'a dit, l'air essoufflé :

– Je voulais aller vous chercher à l'hôpital, mais on m'a répondu que vous étiez déjà sorti, alors je suis venue, mais vous êtes en famille, peut-être...

– D'une certaine façon, oui.

J'étais ému de la voir, à ce moment précis de ma vie où j'avais décidé que les souvenirs n'existeraient plus que dans ma tête.

Je lui ai demandé de me suivre. En entrant dans la chambre, elle a murmuré un « Oh ! » en voyant l'amoncellement de vêtements. Je lui ai expliqué qu'ils avaient appartenu à ma femme, que j'allais m'en défaire, mais que je ne savais pas comment les apporter à l'Armée du Salut.

– Prenez des sacs-poubelles.

J'ai eu un haut-le-cœur. Elle a baissé les yeux, puis elle m'a demandé si j'avais des valises. Je me suis senti bête de ne pas y avoir pensé. Cinq minutes plus tard, les valises grandes ouvertes envahissaient la chambre, et nous avons commencé à les remplir comme si Madeleine partait en vacances. Pauline, de temps en temps, avant de plier une robe, la mettait devant elle, se regardait dans la glace de l'armoire, ou essayait un chapeau, et je détournais la tête.

Ma main a touché l'écharpe en soie gris perle que j'avais offerte à ma femme pour son anniversaire – mais lequel ? Comme un voleur, sans que Pauline s'en aperçoive, je l'ai glissée dans ma poche. Elle s'est retournée pour me demander si je voulais garder les cintres. J'ai refusé. Il n'y a rien de plus triste qu'un cintre vide : l'absence de l'autre est encore pire.

Pauline a fermé les valises en s'asseyant dessus et, sans effort, les a soulevées pour aller les poser dans l'entrée. En refermant l'armoire, j'ai ramassé une espadrille d'enfant rose et blanc qui avait dû tomber d'un carton. J'ai vu du sable, des tentes dressées face à la mer, des gamins qui courent, un seau, une pelle, des râteaux, une épuisette, et ma femme assise dans un transat.

J'ai décidé d'envoyer l'espadrille à Colette pour qu'elle ait un souvenir d'elle-même.

Nous sommes allés déposer les vêtements. J'ai même laissé les valises. En remontant les marches de la station de métro, avec une soudaine bouffée d'euphorie, j'ai dit à Pauline :

– Et maintenant, on continue : je vais donner ma maison. Vous n'êtes pas libre, par hasard ?

– C'est ma journée de récup', m'a-t-elle répondu.

– On fait un aller-retour.

– D'accord.

Nous sommes restés silencieux jusqu'au périphérique. J'étais abasourdi par la décision que je venais de prendre, mais le plus impressionnant était cette sensation de naturel qui m'avait envahi. La dépossession est un engrenage. Je l'avais lu, disserté, enseigné ; je l'éprouvais pour la première fois dans ma chair. Bloqué, retranché dans le refus de perdre ma femme, j'avais dressé des vestiges comme autant de remparts entre les autres et moi. C'était fini, à présent.

À la sortie du tunnel de Saint-Cloud, je lui ai dit qu'on allait en Normandie. Elle a répondu « Génial ! » et on s'est fait arrêter par les gendarmes.

Surpris, j'ai donné mes papiers, en leur demandant ce qui se passait. L'un d'eux s'est approché de Pauline :

– Vous ne mettez jamais votre ceinture, mademoiselle ?

Elle est sortie de la voiture, l'a regardé en soupirant et, d'une petite voix confuse, elle lui a dit en soutenant son regard :

– Je vous demande pardon, j'ai oublié, j'étais tellement bouleversée...

Elle a claqué la portière et je n'ai pas pu entendre la suite. Au bout de quelques minutes, Pauline est remontée dans la voiture, s'est attachée, ils m'ont rendu mes papiers, m'ont présenté leurs condoléances et nous ont souhaité bonne route.

– J'ai dit qu'on allait enterrer votre femme. Pour le reste, les hommes se ressemblent tous, a-t-elle enchaîné avec un soupir de résignation.

Je l'ai regardée du coin de l'œil, désarçonné. J'ai demandé :

– Que voulez-vous dire par « le reste » ?

– Une façon d'épier un sein en clignant des yeux, le regard en biais, mais on sait bien que leur désir est aussi éphémère qu'une glace en cornet. Rien de tout cela avec vous, vous ne me regardez jamais en douce, c'est pour ça qu'on est bien ensemble. On ira voir la mer ?

J'ai dit oui, mais le cœur n'y était pas. Cette jeune fille, avec ses mots simples et sa lucidité sans gêne, était d'une cruauté qu'elle ne soupçonnait pas. L'attirance que j'éprouvais pour elle n'était ni charnelle ni même sentimentale, du moins j'essayais de m'en convaincre, mais l'évidence avec laquelle elle en réfutait l'hypothèse me faisait mal. Et j'étais furieux contre moi. Pire. Vexé de réagir ainsi. J'aurais voulu la désirer pour de bon, afin de pouvoir lutter avec toute ma force de caractère contre un élan sexuel hors d'âge, mais le corps ne suivait pas et la « force de caractère » demeurait sans objet. Rien ne se construirait entre nous. Pas même un rempart.

En la regardant, j'ai remarqué qu'elle avait débouclé sa ceinture.

– Attachez-vous, Pauline.

– Je ne peux pas.

Elle a enchaîné, sans aucune émotion dans sa voix neutre :

– « Attache-toi, Pauline », c'est la dernière phrase que ma mère m'a dite avant l'accident. J'avais désobéi parce que je voulais devenir comme elle, égoïste et qui se fout de tout, pour qu'elle m'abandonne quelque part, n'importe où, et que je n'entende plus sa grosse bouche rouge hurler tout le temps. J'ai été éjectée de la voiture avant qu'elle s'écrase dans le ravin.

Déconcerté, je me suis entendu demander :

– Et votre père ?

Elle a haussé les épaules avant de continuer :

– Je crois que c'était un père tiré au sort, enfin quelque chose comme ça. Lui ou un autre. De toute façon, il était saoul tout le temps.

Elle a levé les yeux sur moi et, devant mon air consterné, elle a esquissé un sourire :

– Faut pas être triste, ils ne m'ont jamais battue. Juste ignorée et crié dessus, c'est pour ça qu'ils ne me manquent pas : c'étaient des inconnus. Des voisins qui font du bruit. J'attendais le soir avec impatience, pour me retrouver sous la couette à me boucher les oreilles pendant qu'ils s'engueulaient, et imaginer ma vie avec une famille que j'aurais choisie.

Après un temps, elle a ajouté :

– Ma famille imaginaire, vous êtes le premier à en faire partie.

Elle m'a dit cela en mordant sa lèvre inférieure, puis elle s'est approchée de moi, pour me dire, mutine, en tirant l'écharpe en soie qui sortait de la poche de ma veste :

– Vous l'avez piquée à votre femme tout à l'heure, je vous ai vu dans le miroir. Je peux la mettre jusqu'à la mer, même si c'est un souvenir ?

– Les souvenirs ont le droit de vivre, lui ai-je répondu.

Je l'avais écoutée attentivement, et ce qui m'avait étonné, c'est ce ton détaché qu'elle avait employé pour parler d'elle, comme si elle racontait la vie de quelqu'un d'autre. Je la comprenais quand elle me parlait d'inconnus. Mes parents stricts et rigides ne montraient jamais leurs sentiments, et refusaient de voir ceux des autres. La seule personne qui m'entendait pleurer, la seule devant qui j'avais le droit d'être heureux ou triste et pas seulement « comme il faut », c'était ma grand-mère. « Tu vas faire de lui un enfant gâté », lui reprochait ma mère chaque fois qu'elle la prenait en flagrant délit de gentillesse. Le mélange de mépris et de crainte avec lequel elle prononçait cette expression faisait froid dans le dos. Un enfant gâté, c'était comme une dent gâtée : je m'imaginais devenir une gigantesque carie, à cause des sucreries de ma grand-mère, et je lui en voulais. La « force de caractère » que mes parents souhaitaient m'inoculer comme la panacée universelle, la pauvre vieille courbée par la tendresse et les rebuffades en fut la première victime.

Je n'en ai jamais parlé à personne, même pas à ma femme. J'ai toujours gardé un recul instinctif devant les effusions, non par manque de spontanéité, mais par peur de mal faire, de « gâter » les autres ou de me sentir ridicule. J'étais touché que Pauline m'ait choisi pour commencer une famille, même si par coquetterie je n'ai pas osé lui demander quel grade elle m'attribuait. Une part d'incertitude optimiste est toujours nécessaire à la maintenance d'un homme. Mais j'ai tout de même risqué :

– Pourquoi m'avez-vous choisi, Pauline ?

– Il y avait ce type qui vous engueulait dans le bus, sans même vous regarder, tout le monde vous ignorait, et cette canne par terre, je sais pas, vous aviez l'air sans défense... Et puis droit, en même temps. Digne.

J'étais un peu déçu, je m'attendais à quelque chose de plus valorisant. Elle a enchaîné :

– Après j'ai renversé le ketchup, et au lieu de me crier dessus vous avez ri, c'est cela qui m'a plu : vous m'avez fait passer avant votre chemise et votre cravate. Alors là, je me suis dit : il sera mon grand-père. Ou mon parrain, mais finalement je trouve que ça vous va moins bien.

Je n'ai pas répondu. Par vanité j'aurais préféré parrain.

– On va tomber en panne, a-t-elle ajouté en me montrant un voyant rouge allumé.

Je me suis arrêté à la première station-service.

– Vous voulez que je mette l'essence ?

J'ai acquiescé, j'ai dit que j'allais à la boutique. Je marchais tranquillement quand j'ai entendu sa voix crier :

– Grand-père ! Prenez des Coca !

Je me suis figé, de plus en plus mal à l'aise en entendant ce vocable. Amer et orgueilleux, comme tous les vieux. Mais il n'y avait pas que cela. C'était moins le désagrément de m'entendre ainsi désigné dans sa bouche que l'image qui découlait du mot « grand-père ». Les deux gamins de mon fils ne m'avaient jamais inspiré qu'une indifférence polie, une affection feinte. Longtemps je les avais trouvés trop petits, et puis d'un coup, ils étaient devenus trop grands. J'avais tant attendu qu'ils soient en âge de parler que, le moment venu, j'avais été mortifié en découvrant qu'ils n'avaient rien à dire. Et je m'étais refermé sans que ça me coûte beaucoup : l'habitude de me protéger contre les déceptions fatalement causées par mes élèves – les mauvais pour qui je me dévouais en pure perte, comme les meilleurs à qui je demandais trop. Finalement, tout le monde m'avait déçu dans ma vie, sauf ma femme. Je repensais aux paroles si dures qu'avait eues mon fils, à l'hôpital. Au bout du compte, en voulant bien faire, je m'étais montré aussi injuste, aussi néfaste que mes propres parents, pour un bilan encore plus nul. Est-on condamné sur terre à toujours reproduire un schéma ? Au moins, Pauline était neuve. Elle serait ma dernière chance. Ma rédemption.

À la cabine de la boutique, entre les jerrycans et les sandwiches sous vide, j'ai téléphoné à mon fils. Il avait sa voix de pharmacie. Atone et faussement humaine.

– Heureux que tu donnes des nouvelles. J'ai appelé l'hôpital, ils m'ont dit que tu étais sorti, j'ai appelé chez toi, mais bon. Je ne te demande pas où tu es, tu me répondras que ça ne me regarde pas.

– Je suis dans le cabinet du juge.

Il y a eu un silence, ponctué par les ordonnances et les bips du lecteur de code-barres. La vie continuait autour de lui.

– Le juge ?

– Le juge des tutelles. J'ai senti que ta sœur et toi étiez inquiets à juste titre pour ma santé mentale, alors je suis venu solliciter mon placement sous tutelle judiciaire.

– Mais pourquoi ?

C'était un cri du cœur. J'imaginais la tête de son personnel et de ses clients.

– Pour protéger votre héritage contre moi-même, Pierre. C'est une solution à laquelle ta sœur a sûrement dû songer, non ? En prenant les devants, je vous évite de tergiverser entre votre conscience et vos intérêts. Tu es rassuré ?

– Mais... papa... c'est un peu... prématuré, non ?

Il était au bord des larmes, et ça m'a noué la gorge. Pour éviter de m'attendrir, j'ai conclu sur un ton sans appel :

– C'est à moi de le juger. Je t'embrasse.

Et j'ai raccroché. Le mensonge était une expérience nouvelle, qui me changeait agréablement de l'omission. Je me sentais les coudées franches, libéré du souci que mes enfants se faisaient pour moi, et du danger qu'il laissait planer sur mon avenir. En les neutralisant, je me rapprochais d'eux, je leur trouvais des circonstances atténuantes et un certain mérite. Le fait de reconnaître mes torts, loin de m'affaiblir, me donnait des ailes. C'était peut-être ça, la jeunesse. Et il n'était pas forcément trop tard. Il n'y a pas d'âge pour devenir léger.

Satisfait, j'ai pris les Coca et je suis passé à la caisse. Derrière la vitre, je voyais Pauline nettoyer avec application mon pare-brise. Un homme brun, la quarantaine, était à côté d'elle. Il devait être étranger, car il parlait beaucoup avec les mains. Elle s'est arrêtée de frotter pour l'écouter avec un sourire pensif. Peut-être était-elle en train de le tester. L'idée de le recruter comme oncle d'Amérique, histoire de se créer une famille cosmopolite, était peut-être en train de l'effleurer. Elle a retiré ses gants transparents, les a jetés dans une poubelle, puis elle lui a montré le distributeur où elle les avait pris. Avec un remerciement de la tête, il est allé s'équiper pour faire son plein.

D'un geste gracieux, elle a enroulé l'écharpe en soie gris perle de ma femme autour de son cou, et elle est remontée sagement dans la voiture pour m'attendre.

Je suis revenu d'un pas décidé, et je lui ai dit en démarrant :

– Grand-père, ça me va très bien.

Une locomotive, un bouddha, une tour Eiffel à l'envers, un pied haut de trois mètres... Je me suis garé au milieu de la cour entre les sculptures de Madeleine. Pauline est sortie de la voiture, impatiente de découvrir la ferme et le jardin que je continuais à faire entretenir, comme je l'avais promis à ma femme. Tout était comme avant, mais rien n'existait plus sans elle. Je me sentais en visite, emprunté, mal à l'aise.

Pauline me faisait des signes de la main pour que je la rejoigne. En allant vers elle, je pensais à son avenir, à son métier de vendeuse, sa façon de se débrouiller seule dans la vie, tout en rêvant à des parents imaginaires. Cette maison désaffectée pourrait redevenir une maison de famille – une maison où fonder une famille.

– C'est rigolo, ces sculptures, m'a-t-elle dit.

J'ai hoché la tête en repensant à la phrase de mon fils à l'hôpital. Madeleine s'était-elle vraiment réfugiée dans ses statues par manque d'attention de ma part ? Était-ce uniquement pour me faire pardonner que j'ai passé les dernières années de sa vie sans la quitter un instant ? Qu'est-ce qui justifiait ce sacerdoce ? L'amour ou la retraite ? Le besoin de me consacrer encore à une cause, un enjeu, un défi ? Quand ses analyses s'amélioraient, quand ses radios autorisaient à nouveau l'espoir, je la félicitais comme une étudiante qui a réussi un examen.

– On va à l'intérieur ?

– Pauline, je n'ai pas le courage, lui ai-je dit en baissant la tête.

Elle s'est assise sur le *Trophée de David*, ce pied d'argile verni que Madeleine avait baptisé ainsi en référence au géant Goliath. Je me suis posé à côté d'elle, sur l'orteil voisin, et j'ai senti la fraîcheur de sa paume sur mes doigts. Cette façon qu'elle a de me prendre la main sans rien dire, ce geste naturel que je n'ai jamais su faire pour réconforter Pierre ou Colette...

– Comment elle est morte, votre femme ?

– La maladie de Hodgkin.

– C'est quoi ?

– Une affection maligne touchant la trame des ganglions lymphatiques. La biopsie ne laissait pas beaucoup d'espoir. Il fallait tout lui dire, alors je lui ai dit. Elle m'a souri pour me donner du courage. Elle était sûre de s'en sortir, elle aimait tellement la vie, elle avait tant de projets en tête... Elle est entrée à l'hôpital pour un traitement au cobalt et elle n'en est pas ressortie. Au début, nos enfants, nos amis venaient la voir, la soutenir, ils prenaient même des habitudes. Ils arrivaient discrets, sur la pointe des pieds, et au bout d'un moment, m'oubliant dans mon coin, ils déversaient leurs problèmes, leurs ennuis, leurs soucis, cela me choquait, mais Madeleine les écoutait avec son sourire, heureuse de savoir que dehors la vraie vie continuait, impatiente de rejoindre ces ennuis-là... Elle essayait de s'arranger, de se coiffer, même fatiguée, pour qu'on ne la plaigne pas, qu'on parle de tout, sauf d'elle. La maladie continuait son chemin, et Madeleine fit plusieurs collapsus. Petit à petit, les visites s'espacèrent, chacun retournait dans sa vie, avec ses propres repères, et bientôt nous nous sommes retrouvés seuls. J'avais mon lit dans sa chambre. Je lui apportais du carton, des journaux et de la colle, pour qu'elle puisse encore sculpter. Ensuite, quand ça lui est devenu trop difficile, je me suis contenté de lui faire la lecture. Elle n'aimait que les romans historiques. J'essayais de mettre le ton, mais ce n'était pas ma tasse de thé. Voilà.

– Et après, qu'est-ce qui s'est passé ?

– Après... ça vous intéresse vraiment ?

Elle a hoché la tête avec un air buté.

– On lui a fait une lymphographie pour examiner l'état de ses ganglions, alors qu'elle était allergique à l'iode. J'ai revu ma femme dans le coma, le visage tout bleu, c'était affreux. Quand elle a repris connaissance, ce n'était plus elle. Tantôt la souffrance, tantôt la morphine, et l'attente de la mort comme une...

Ma voix s'est brisée dans les points de suspension.

Elle a proposé :

– Une délivrance ?

– Une reconquête. Une reconquête de soi. Je dois vous paraître insensible.

Pauline a mis sa tête sur mon épaule, avec douceur et confiance comme elle savait si bien le faire. J'entendais ses silences et cela m'apaisait. Je savourais ce moment d'autant plus que je le savais nécessaire et furtif. Nos chemins ne s'étaient pas croisés par hasard, et ils ne se sépareraient pas pour rien. Nous avions des blessures similaires, mais Pauline avait tout le temps de guérir les siennes. Je ne serais plus là pour l'aider ou pour la faire tomber dans mes ornières. C'était mieux ainsi. J'avais peur de réveiller en elle un mal-être dont elle ne soupçonnait même pas la présence. Toute ma carrière avait consisté à semer dans le cerveau d'adolescents insouciants la graine du malaise existentiel. Quant à ma vie privée, j'avais sacrifié l'être et le paraître au profit du néant, avec la bonne conscience du devoir accompli. J'avais survécu à tout, même à mon suicide, et autour de moi ce n'était que ruine et désolation. Il était urgent pour Pauline qu'elle se trouve un autre grand-père.

– Si la maison vous plaît, je peux vous la donner.

Elle n'a pas bougé, elle n'a pas hésité, elle a juste murmuré :

– Non, j'en veux pas.

– Et pourquoi ? lui ai-je demandé, surpris.

– On ne pourra jamais y aller ensemble, elle vous rend si triste.

– Je ne serai pas toujours là.

– Justement, ça sera encore plus triste.

Égoïstement, un court instant, j'ai pensé que nous aurions pu être heureux ici. Mais l'âme de cette maison, c'était Madeleine, et je n'aurais jamais pu, par décence, m'y installer avec une autre femme.

– Et puis je n'aime que Paris, a-t-elle ajouté avec une sorte de fierté.

Pour en finir avec les souvenirs, les nostalgies et la déception, je lui ai dit :

– Je vais la donner à la mairie, alors.

Ainsi, plus personne ne pourra jeter à la décharge publique les sculptures de ma femme : elles feront partie du patrimoine de Canapville. Une façon illusoire de prolonger Madeleine, tout en léguant à des inconnus mon devoir de mémoire. Ce qui n'aurait pu être qu'une vengeance mesquine face à la rapacité de mes enfants devenait une preuve d'amour.

Depuis que je connaissais Pauline, je découvrais chaque jour davantage que je n'étais pas quelqu'un de bien. Mais je le vivais de mieux en mieux.

– Quel dommage que vous ne veniez plus, ça me crève le cœur cette maison vide, a soupiré le maire en nous accueillant dans son bureau.

À peine assis, je lui ai dit que, justement, je venais le voir pour la ferme. Il m'a regardé avec une certaine connivence où se mêlaient goguenardise et solidarité masculine.

– Vous voulez vendre ? Je comprends, moi aussi je suis veuf. On change de vie, on bazarde tout. Vous avez raison, la vie est courte, et avec ce que vous avez enduré, vous avez bien le droit de profiter un peu, m'a-t-il dit en déshabillant du regard ma compagne.

J'observais Pauline, j'avais peur de sa réaction, mais elle ne démentait pas, elle laissait croire. Cela me flattait et me gênait en même temps.

Il a enchaîné avec un petit air malin :

– Pas de problème avec vos enfants ?

– Aucun, ma petite-fille vous le confirmera.

Pauline m'a regardé avec un sourire de reconnaissance, puis elle a fixé le maire droit dans les yeux.

– Très bien, a-t-il dit, visiblement déçu.

– Si la ferme vous intéresse comme salle municipale, pour vos réunions de l'âge d'or ou autre chose, je vous la laisse. À une seule condition : ne pas toucher aux sculptures.

– Vous voulez faire une donation ? m'a-t-il demandé, sidéré.

J'étais soudain agacé, pressé d'en finir.

– Oui. Allons-y. Que dois-je signer ?

– Rien, pour le moment. Une donation doit être faite par acte notarié.

– Ah bon ?

– Bien sûr, c'est un bien immobilier qui est donné. Il faut d'abord que vous apportiez le titre de propriété au notaire, pour qu'il puisse demander un état hypothécaire.

– C'est-à-dire ?

– Eh bien, vérifier qu'aux hypothèques vous êtes bien propriétaire du bien, et que ce bien n'est pas hypothéqué au profit soit d'une banque soit d'un tiers.

– Mais c'est moi le propriétaire !

– C'est parfait. Alors, une fois que votre notaire a obtenu cet état hypothécaire, ainsi que l'extrait de matrice cadastrale pour avoir la désignation exacte du bien, il peut faire l'acte de donation, avec les clauses que vous imposerez, et qui sera publié le mois suivant aux hypothèques.

– Tout cela pour un cadeau ? ai-je dit, sentant l'ennui et le découragement qui m'envahissaient.

Il a continué sur sa lancée :

– Et c'est là que j'interviens. Pour que je puisse accepter votre donation, il faut que je l'inscrive à l'ordre du jour du conseil municipal qui doit exprimer son accord. Alors, le temps de la détailler, de l'évaluer, de voir les conditions, je pense que la délibération se fera d'ici deux mois. Mais tout se passera bien, ne vous inquiétez pas, et pour les sculptures je peux vous assurer le maintien et l'entretien pendant cinquante ans, c'est-à-dire le maximum.

J'ai réussi à demander :

– Et après ?

Il a levé les bras dans un geste d'impuissance.

J'étais anéanti. Tout me paraissait compliqué, inutile, vain. J'ai pris congé en lui disant que j'allais réfléchir, et à bientôt, merci pour tout.

En sortant, Pauline, devant mon air déconfit, m'a pris le bras, joyeuse :

– On va voir la mer ? Après je vous emmène aux machine à sous ! Vous y êtes déjà allé ?

J'ai répondu par une moue vague. De douze à vingt ans, ma mère m'avait constamment mis en garde contre la diablerie des jeunes filles et le démon du jeu. Deux malédictions qui, paraît-il, avaient eu la peau de mon grand-oncle, mais que je n'avais jamais eu l'occasion de croiser sur ma route.

– Ça vous dit ? a-t-elle insisté.

– Absolument.

Pauline avait faim, moi aussi. Nous avons mangé des crêpes sur la plage de Trouville, assis dans le sable, en regardant monter la marée.

Le soleil se couchait à l'horizon derrière les pétroliers en cortège vers Le Havre. C'était un moment de grâce. Au moment de repartir, pas moyen de me relever. À chaque essai, ma canne partait en biais dans le sable comme une queue de billard. Et j'étais trop lourd pour Pauline. Ravalant mon amour-propre, j'ai dû me faire aider par un joggeur en short fluo, qui, après m'avoir soulevé avec une facilité agaçante, m'a fait une démonstration d'exercices incompréhensibles et ridicules à pratiquer chaque jour pour retrouver un minimum de souplesse. Au lieu de le remercier, j'ai failli lui dire que j'ai toujours détesté ces pitreries répétitives, mais Pauline lui serrait les mains en le félicitant, comme s'il était un dieu du stade, ce qui a eu le don de m'exaspérer. Puis elle m'a pris le bras pour m'emmener au casino.

Un physionomiste nous a souhaité la bienvenue, les yeux dans les yeux, devant une porte à tambour vitré qui tournait toute seule. Deux roues à aubes encadraient l'escalier, produisant un léger clapotis qui s'est fondu très vite dans le crépitement métallique emplissant les salles de jeu. Cliquetis des pièces tombant dans les bacs en fer, indicatifs sonores annonçant les gains, vrombissement des rouleaux derrière les vitres que les joueurs fixaient avec un air autoritaire ou suppliant. Aucune voix humaine. Une messe de ferraille et de lumières clignotantes dans un décor vaguement Nouvelle-Orléans. Pauline a sorti de son sac un billet de cinquante euros, pour le glisser dans un distributeur et récupérer les pièces qui tombaient dans une espèce de gobelet géant. Elle tenait à m'offrir ma première mise. Elle scrutait chaque appareil, le visage concentré, me demandant soudain de donner trois pièces à telle machine. J'obéissais, tout en essayant d'en comprendre le fonctionnement, les règles, pendant que Pauline me parlait d'intuition, de sensation, de chance et de hasard apprivoisé.

En dix minutes, nous avions tout perdu. Vexé, et

persuadé que seules la réflexion et la stratégie nous feraient gagner, je décidai de prendre les choses en main. La rapidité avec laquelle les machines engloutissaient les pièces et transformaient les gains en pertes me donnait une sorte d'excitation, de fébrilité qui me plaisait. La frénésie du provisoire était bien plus valorisante que la lenteur d'une donation. J'ai glissé ma carte bancaire dans le distributeur pour tirer trois cents euros et les changer en pièce de cinquante centimes, sur le conseil de Pauline.

Pendant qu'elle testait d'autres machines, je me suis assis à côté d'une vieille dame aux boucles blanches pour la regarder jouer.

– Elle donne bien aujourd'hui, c'est pas comme hier, m'a-t-elle dit comme si j'étais un habitué.

Je lui ai avoué que je venais pour la première fois. Avec une extrême patience, elle m'a montré comment me servir de la machine, ainsi que deux ou trois astuces : alterner la touche lumineuse et le bras mécanique pour lancer les rouleaux, varier la mise constamment pour déstabiliser les circuits électroniques, ne jamais se fier au compteur des gains mais toujours les encaisser au fur et à mesure... Étonné de l'entraide et de la connivence entre joueurs, je l'ai remerciée de son amabilité.

– À nos âges, faut bien se tenir les coudes, m'a-t-elle dit, complice, avec un clin d'œil.

Je me suis concentré sur ma machine, une sorte de western avec des wagonnets numérotés qui se déplacent sur une voix ferrée quand plusieurs revolvers apparaissent sur la ligne des gains – c'est tout ce que j'ai compris. À chaque appui sur la touche « Mise Max », un nouveau wagonnet s'allume : j'en suis au

250, je lorgne le 500 mais c'est le 0 qui s'éclaire. Je n'ai plus de pièces.

– Retournez votre gobelet sur votre siège, si vous voulez garder la machine, me conseille ma voisine.

Je la remercie, et retourne glisser ma carte bleue dans le distributeur. POSSIBILITÉS DE RETRAIT ÉPUISÉES, me répond l'écran. C'est tout de même insensé d'être rationné par sa banque ! J'ai au moins dix mille euros sur mon compte courant, et on ne m'autorise à en prélever que trois cents par semaine. Je ne vais quand même pas attendre d'être centenaire pour dépenser mes économies. Heureusement, j'ai mon chéquier.

L'air conquérant, je me dirige vers une caisse où je remplis à l'ordre du casino un chèque de cinq mille euros, que je tends au caissier comme s'il s'agissait d'un pourboire. Il fronce les sourcils.

– Il y a un problème, monsieur.

Je lui donne ma carte d'identité pour dissiper le problème.

– Avez-vous tiré précédemment un chèque dans un autre casino ?

– Absolument pas.

– Et ici ?

– Non plus.

– Je transmets à la police des jeux, me répond-il en introduisant mon état civil dans son ordinateur.

La file d'attente s'allonge derrière moi. Les gagneurs aux gobelets pleins qui viennent convertir leurs jetons me regardent de travers.

– Parfait, me déclare le caissier au bout de quelques minutes. Le montant maximum de votre chèque sera donc de huit cents euros.

Je sursaute, demande pourquoi.

– C'est le règlement qui fixe le montant, monsieur.

– Ah bon. Et quand je les aurai perdus, ces huit cents euros, je devrai remplir un autre chèque et faire encore attendre des personnes. C'est idiot, votre système.

– Nous ne nous sommes pas compris, monsieur. Vous avez droit à un maximum de huit cents euros par tranche de quinze jours.

– Quoi ? Mais vérifiez sur mon compte : j'ai largement de quoi flamber cinq mille euros, et c'est ce soir que j'ai l'intention de le faire ! En une fois, et pas en tranches de quinze jours !

– Je regrette, monsieur.

– C'est tout de même incroyable qu'on ne puisse pas donner sa maison ni claquer son argent quand on en a envie ! éclatai-je en prenant à témoin la queue derrière moi.

– Tenez, monsieur, me dit le caissier d'un air conciliant en me donnant une brochure.

Je regarde le dépliant. *Guide de prévention aux risques d'abus de jeu.* C'est un test d'évaluation, avec vingt questions en couleurs et des cases à cocher, suivies d'une partie à gratter où s'inscrit le verdict en fonction du nombre de ronds ou de carrés qu'on a cochés.

– Si vous obtenez une majorité de carrés, précise le caissier en souriant, nous vous invitons à rencontrer le psychologue au sous-sol, qui vous renseignera sur la procédure qui vous est offerte pour vous faire interdire.

– Interdire ?

– Interdire de jeu, dans les casinos de France.

Bouche bée, je me laisse écarter par la grosse

femme derrière moi, qui dépose sur le comptoir trois gobelets pleins en pestant contre la perte de temps. Je m'apprête à faire un esclandre, mais soudain Pauline me tape sur l'épaule en me montrant dix billets de cent euros.

– J'ai gagné ! Je vous l'avais dit : intuition et chance. Faut surtout pas réfléchir, c'est un jeu, c'est tout.

Je rengaine ma mauvaise humeur, lui propose de fêter sa victoire au bar du casino. Elle me répond qu'elle est fatiguée, me demande si ça ne m'ennuie pas qu'on ne rentre que demain matin. J'acquiesce : la journée a été longue et je ne me sens pas de conduire ce soir. Elle ajoute :

– Vous connaissez un hôtel sympa ?

– Oui. Nous y allions avec ma femme, quand la ferme était en travaux.

– Venez, je vous invite, dit-elle en glissant les billets dans son sac.

Hôtel Flaubert. Rien n'avait changé. La même ambiance douce et feutrée, l'odeur de cire ancienne des pensions de famille. Il ne restait plus qu'une suite à trois couchages. Je l'ai prise. J'ai choisi le petit lit dans la partie salon, pour laisser le grand à Pauline, celui qui se trouvait de l'autre côté, séparé par une cloison et un rideau. J'avais remarqué qu'il y avait des toilettes dans l'entrée et, par pudeur, je préférais lui laisser la salle de bains côté chambre.

Pendant que j'ouvrais la fenêtre pour regarder la vue sur la mer, je l'ai entendue marcher sur le parquet. Ce léger bruit de pas dans la même pièce m'a ramené des années en arrière. Bouleversé, j'ai fermé les yeux. Les pas se sont rapprochés pour s'arrêter derrière moi. J'étais incapable de me retourner pour me heurter à la réalité du visage de Pauline.

— Ça va ? m'a-t-elle murmuré, comme si elle avait perçu mon désarroi.

J'ai juste hoché la tête.

L'émotion m'enserre, soudaine, inattendue. Pauline s'est glissée entre la fenêtre et moi, attentive et douce. Pour qu'elle ne me voie pas pleurer, mes bras se referment sur elle. Elle ne me repousse pas, pose les mains à plat sur mon dos. Je m'accroche à elle désespérément. Il y a si longtemps qu'on ne m'a pas touché. Tout doucement, je redeviens un homme et j'ai peur de la gêner, de m'humilier. Je lutte de toutes mes forces pour renoncer à cette étreinte, mais je n'en ai pas le courage. Elle ne bouge toujours pas, comme si elle savait qu'en restant contre moi elle m'offrait quelques minutes de sursis. Sans un mot, elle m'a pris la main pour m'étendre sur le petit lit, et elle s'est allongée à son tour. Nous sommes restés serrés l'un à côté de l'autre, sa joue sur mon épaule. J'ai respiré l'odeur d'herbe coupée de ses cheveux de jeune fille, et j'ai laissé passer le trouble. Peu à peu, je suis revenu dans ma peau de vieux monsieur. Curieusement, je n'avais presque pas honte de cette situation dégradante pour elle comme pour moi. Ce sursaut de fausse vie, ce manque de dignité. Je lui ai tout de même demandé pardon.

— Pourquoi ? Quand j'étais petite j'aurais bien aimé qu'on me prenne dans les bras pour me serrer très fort, tout simplement. Rien qu'une fois. Je n'ai vu aucun mal dans votre geste, juste du désarroi. Vous savez, Armand, j'ai connu pas mal d'hommes, mais aucun ne m'a respectée autant que vous.

Elle m'avait appelé Armand, ce qui m'aurait fait plaisir au début de notre rencontre, mais à présent, je préférais éviter d'être mêlé aux hommes qu'elle avait connus. Cela dit, il est difficile dans ce genre de situation d'appeler quelqu'un grand-père.

Elle m'a donné un baiser sur le front, un baiser espiègle qui a claqué comme un ballon d'enfant, en me disant : « Moi, ce que j'aime c'est que les gens soient heureux », et ce pluriel m'a ôté mes dernières illusions. Puis elle a téléphoné au veilleur de nuit pour connaître l'horaire des trains, lui a demandé de la réveiller à six heures. Elle m'a dit que, sinon, elle n'arriverait jamais à temps pour ouvrir le magasin, et comme ça je pourrais faire la grasse matinée. Elle m'a souhaité de beaux rêves et elle est passée de l'autre côté du mur.

Je n'ai pas fermé l'œil de la nuit. Je préférais l'écouter dormir. Profiter pour la première et la dernière fois de sa présence dans une chambre commune. Elle est partie au petit matin, sans faire de bruit. En passant devant moi, tandis que je feignais d'être endormi, elle a remonté doucement la couverture sous mon menton.

Je suis resté pendant des heures recroquevillé dans le souvenir de ce geste. Une part de moi voulait être son grand-père, son vieil enfant, ce mendiant de sa présence et de ses attentions, tandis qu'une autre voix hurlait dans ma tête qu'avec une femme comme elle, à un âge décent, ma vie aurait été transformée, éclairante. Malgré tout mon attachement pour Madeleine, elle n'avait fait que renforcer mes limites, mes aveuglements et mes blocages, tandis que mes silences retranchés dans mes livres alimentaient sa solitude. Les enfants avaient été sa manière de me répondre, de meubler mes absences – puis les sculptures, la maladie...

Je ne savais plus ce que je recherchais en Pauline : l'oubli de ce gâchis, ou la force de le regarder en face pour trouver le courage de sauver ce qui pouvait l'être encore. Elle m'avait *choisi*, disait-elle. Mais que faire de ce choix, et comment le mériter ?

Dans le train du retour, Pauline s'est rendu compte qu'elle avait gardé l'écharpe qui avait appartenu à Madeleine Leclair. Elle l'a reniflée plusieurs fois, ne ramenant que des odeurs d'armoire et d'embruns. Elle avait envie de pleurer, mais pas sur elle-même, et elle en était toute désorientée.

Entre Armand et elle, c'était à la fois le début et la fin d'une belle histoire, elle le sentait bien, sans pouvoir s'expliquer pourquoi. Elle revoyait sans cesse son geste du petit matin, la manière dont elle avait remonté la couverture sur le corps du vieil homme, et ce sourire qui avait éclairé son visage, malgré lui, tandis qu'il faisait semblant de dormir. Et elle voyait en surimpression le même geste, exactement le même qu'avait eu son fils à l'hôpital, et l'élan brutal avec lequel Armand l'avait refusé. Les deux images se fondaient, se détachaient, se bousculaient dans la tête de Pauline et, à présent, c'était la main de Pierre qui remontait la couverture de l'hôtel Flaubert, et Armand souriait toujours.

Elle s'est réveillée en sursaut à la gare Saint-Lazare. La main posée sur son bras était celle du contrôleur.

Rentré chez moi, j'ai pris une douche et j'ai appelé mon notaire pour fixer un rendez-vous dans la semaine. Je comptais partager mon assurance vie entre Pauline et mes enfants – c'était moins compliqué que d'essayer de dilapider mes biens. Puis j'ai ouvert mon courrier : une facture d'électricité, une publicité pour les dépannages en tout genre, et une lettre de madame Léry. Elle préférait m'écrire, n'ayant pas le courage de m'annoncer de vive voix que nos samedis n'auraient plus lieu. Elle en était très perturbée, mais une vieille amie d'enfance habitant le Midi venait de perdre son mari, et lui avait proposé de partager le grand appartement de sa résidence troisième-âge. Soleil, piscine et parties de cartes. Tout cela ne remplacerait pas nos chers déjeuners à Paris, mais, ajoutait-elle, il me restait mes enfants. Elle finissait sa lettre en me souhaitant une belle fin de vie. Je l'ai rangée dans un tiroir de la cuisine parmi les élastiques, les tire-bouchons et les décapsuleurs.

En ouvrant le réfrigérateur presque vide, je me suis rappelé que madame Dune était partie, elle aussi. Quand on vieillit, les gens vous quittent pour de nouvelles rencontres, comme s'ils clôturaient leur compte. Ils ont l'impression de recommencer une nouvelle vie, en cachant les défauts que leurs amis ou relations connaissent par cœur. Ils peuvent à nouveau jouer les timides, les prévenants, les enthousiastes sans qu'on soupçonne, le temps qu'ils obtiennent ce dont ils ont besoin, leur indifférence ou leur hypocrisie. Je n'avais rien fait d'autre avec Pauline.

J'avais besoin de prendre l'air et je décidai d'en profiter pour faire quelques courses. Au moment où j'ouvrais la porte, j'ai vu mon fils qui se tenait sur le palier. J'ai eu un moment de surprise, un élan presque heureux, mais très vite je me suis ressaisi.

– J'allais sortir, lui ai-je dit d'un ton froid.

Il a hoché la tête, détourné les yeux, puis il a murmuré :

– Je voulais simplement savoir ce que tu avais décidé, pour la tutelle.

– J'ai décidé de m'accorder un sursis. Ça te rassure ou ça t'inquiète ?

Il a redressé la tête, m'a fixé avec une sévérité, une certitude péremptoire que je ne lui avais jamais vues. C'était la première fois qu'il me ressemblait.

– J'ai envisagé la tutelle, papa, c'est vrai, une fraction de seconde, quand je t'ai vu avec cette fille. Mets-toi à ma place, une fois dans ta vie.

– Je ne te reproche rien. J'aurais préféré l'apprendre autrement que par ma femme de ménage, c'est tout.

– Tu ne me demandes pas ce que je fais sur ton paillasson, un jour de semaine ?

– Les magasins vont fermer, viens. Comme ça tu te rendras utile.

Dans l'ascenseur, côte à côte, nous n'avons plus dit un mot. Dans la rue non plus. Il se tenait derrière moi, mettant ses pas dans les miens chez l'épicier, chez le boucher, la crémière. Je faisais durer le silence au-delà du supportable pour le pousser à bout, le forcer à sortir ce qu'il avait sur le cœur, comme il l'avait fait à l'hôpital en croyant que je dormais.

Mes provisions dans ses bras, nous sommes rentrés à la maison. Il a posé les sacs dans la cuisine, puis il est allé s'asseoir dans mon fauteuil en cuir noir défraîchi. Cela m'a déplu qu'il prenne ma place. D'un ton qui se voulait détaché, je lui ai demandé :

– Tu contemples le père prodigue ou le malade mental ?

– Écoute-moi, juste une fois, comme tu écoutais Pauline à l'hôpital.

– Tu connais son nom ? ai-je sursauté.

– Je lui ai parlé, sous le marronnier. J'étais assez agressif, au départ, mais elle m'a dit des choses très justes, qui m'ont fait réfléchir. Je me demande ce qu'elle te fait pour que tu aies l'air si heureux avec elle. Je l'envie, moi qui ai passé tant d'années à essayer de me rapprocher de toi. Mais tu m'intimidais et tu ne me voyais pas. Tu me rendais tellement maladroit.

– Tu étais un garçon renfermé, mais pas maladroit, ai-je marmonné. Si je te secouais un peu, c'était pour que tu prennes confiance en toi, que tu te révoltes.

Il m'a regardé avec un sourire triste :

– Quelle réussite... J'ai toujours eu peur de toi, de tes réactions. Je voulais que tu n'aies rien à me reprocher, alors j'ai fait des études pour toi. Pour ta fierté de prof. Je me suis marié pour toi, parce qu'il fallait fonder une famille, faire des enfants, une continuité comme tu disais. Je n'ai jamais aimé le commerce, et pourtant je suis devenu pharmacien parce que ma femme l'était, et que je n'arrivais plus à prendre une seule décision par moi-même. J'ai toujours feint d'être quelqu'un d'autre, d'un côté pour gagner ton estime et de l'autre pour avoir la paix. Résultat : j'ai tout raté.

Le téléphone a sonné. J'ai décroché.

– Pauline ! ai-je lancé en accentuant soigneusement mon enthousiasme. Je suis si heureux de vous entendre.

– Je voulais savoir si vous étiez bien rentré.

Pierre s'est levé, j'ai cru qu'il allait partir, mais il est allé dans la cuisine.

– Parfaitement bien. On peut se rappeler ? J'ai de la visite.

– Bien sûr.

Elle a ajouté à voix basse « grand-père », et nous avons raccroché.

J'ai entendu le bruit d'une capsule qui tombait dans l'évier. J'avais été le pire des pères, et maintenant je faisais croire à une gamine que je serais le grand-père idéal – avec la même sincérité, les même bonnes intentions, la même conviction d'agir pour le bien de ceux que j'aime. Il était vraiment temps d'arrêter ce jeu de massacre, de soustraire Pauline à mon emprise. Dans un réflexe d'éternel Pygmalion, j'avais voulu la révéler à elle-même, lui apprendre à penser, l'instruire, alors qu'avec sa simplicité, elle détenait une vérité irremplaçable, un antidote absolu : la joie de vivre de ceux qui ont souffert au départ, mais ne veulent plus jamais se faire avoir. La force sereine de ceux qui ont compris que le bonheur acquis est la seule réponse valable au malheur d'origine. Fallait-il lui faire prendre conscience que plus on monte dans l'échelle sociale et culturelle, plus les rapports sont faussés, plus le mensonge est présent, les intentions dénaturées et les blessures rouvertes ?

J'ai rejoint Pierre dans la cuisine. Il était assis sur le bord de l'évier, comme il le faisait quand il était gamin.

– Tu en veux un ? m'a-t-il demandé, d'un ton dégagé, en buvant son Coca.

– Je croyais que tu n'aimais pas ça.

– C'est Colette qui n'aime pas, mais ce n'est pas grave. Personne ne se souvient de mes goûts, même pas moi.

Cette petite phrase prononcée tout simplement m'a déstabilisé. J'essayais de trouver des mots pour le détromper, mais il a enchaîné :

– Quand tu dis que tu « as de la visite », tu as raison. On n'a jamais échangé que des banalités, toi et moi. Nous n'avons jamais eu une vraie discussion, un vrai rapport de père à fils, et pourtant c'est toujours toi qui as gouverné ma vie, à distance. Aujourd'hui encore, mais là je t'en remercie. En voyant qu'à ton âge tu peux encore subjuguer une jeune fille, comme toutes ces lycéennes d'autrefois, je me suis dit que moi non plus je n'étais pas fini. J'ai décidé de changer de vie, d'un coup, et ça y est, tu vois : tu as devant toi un homme libre.

Je l'ai examiné, attentivement, j'ai cherché la différence.

– Terminé, la pharmacie, le club de bridge et la collection de pièces gallo-romaines. J'ai tout laissé à ma femme, qui ne s'apercevra même pas de mon absence.

Je l'ai regardé un long moment, sans dissimuler ma fierté, et la gratitude qu'il en éprouvait lui mouillait les cils.

– Tu m'approuves, papa ?

– Je t'envie. À ton âge, j'aurais tellement voulu avoir ton courage. La force de dire merde à mon père, qui me volait tous mes dimanches dans sa maison de retraite, pendant que tu faisais tes devoirs. La force de me soustraire à l'obligation morale, cette déviation de l'amour – la pire. Jamais il ne m'a dit merci, jamais il ne demandait de vos nouvelles ; il avait besoin d'un subordonné, c'est tout. Jamais il ne m'a dit : « Rentre chez toi, on t'attend, il est tard... » Jamais il n'a envisagé que d'autres aient besoin de moi.

– Tu sais, papa, tu me facilites la tâche.

– J'espère.

– J'étais venu te dire adieu. Je pars.

– En Indonésie ?

Il m'a regardé, les yeux ronds, m'a demandé comment j'avais deviné.

– J'ai entendu, à la radio : ils ont eu un nouveau tsunami...

Son visage s'est assombri quand il a compris l'origine de ma clairvoyance.

– Tu faisais semblant de dormir, alors, à l'hôpital ? Tu m'as laissé vider mon cœur sans...

– Sans risquer de t'interrompre, oui, de te bloquer... Je t'envie, Pierre. Je t'envie parce qu'on aura toujours besoin de toi. Un philosophe, ça ne sert à rien, quand il faut sauver des vies humaines. Tandis qu'un pharmacien...

– Je suis autre chose qu'un pharmacien, papa ! Là encore, tu me regardes comme un repoussoir !

– Je te demande pardon. Les vieux réflexes... J'ai toujours voulu que tu sois armé contre moi, Pierre, bien mieux que je ne l'étais contre mon père. Alors j'ai fait semblant d'être injuste et indifférent, et puis à force, je le suis devenu. Je nous ai rendus malheureux tous les deux pour ton bien, et j'ai cru que c'était définitif, rédhibitoire. Merci de m'avoir donné tort.

Avachi dans mon fauteuil, il a poussé un long soupir et enfoui les mains dans ses poches, les épaules basses.

– Cela dit, le temps que j'obtienne les visas, l'agrément d'une ONG et un ordre de mission... D'un autre côté, si je pars en individuel, ils sont fichus de me refouler...

Déjà le découragement lui tombait dessus. Ma gorge s'est nouée à la pensée que, dans une semaine, il serait de retour à Dijon avec ses rêves en berne derrière son comptoir pharmaceutique.

– Tu as pris une chambre d'hôtel ?

– Oui.

– Contrairement à ce que je vous ai raconté, je n'ai pas vendu la ferme. Tu peux y aller, si tu veux, en attendant.

Je ne sais pas si son étonnement venait de mon mensonge ou de la simplicité de mon offre. Comme s'il me découvrait, il s'est levé de mon fauteuil, s'est dirigé lentement vers moi pour me serrer dans ses bras. Je me sentais toujours aussi gauche dans ce genre d'étreinte, mais cette fois-ci, j'ai rejeté la silhouette de mon père qui me repoussait toujours, et j'ai serré à mon tour, contre moi, ce corps semblable au mien à son âge. Je lui ai donné les clés de Canapville et, comme il refusait les quelques billets que je lui tendais, je lui ai glissé discrètement un chèque en blanc dans son manteau.

Quand j'ai refermé la porte derrière lui, je suis allé dans la chambre aux placards vides, m'étendre sur mon lit conjugal. Au bout d'une demi-heure, je me suis relevé, poussé par une idée fixe. Je suis reparti dans le salon et j'ai sorti fébrilement de la bibliothèque des documents, des classeurs, de vieilles revues, des disques, jusqu'à ce que je trouve, dans une boîte à chaussures, les rares photos de mon père. J'ai regardé son visage fermé sous le képi d'officier, avec attention, essayant de discerner des traits communs, mais nous n'en n'avions pas et j'en fus heureux. J'ai déchiré ses photos sans aucun état d'âme, en me demandant pourquoi j'avais tant attendu pour le rayer définitivement de ma vie, pour ne plus le laisser déteindre sur mes rapports avec les autres.

Puis, j'ai fait une sélection de livres pour Pauline. Des livres qui m'avaient longtemps obsédé, et qui lui donneraient peut-être l'envie d'approfondir ce que je ne lui avais pas dit, de comprendre après coup les raisons de ma conduite.

J'ai repensé à notre rencontre. Deux solitudes qui se croisent, l'une connaissant les règles du jeu, mettant l'intelligence et l'instruction au-dessus de tout, sacrifiant le cœur et la bonté à l'obligation morale, et l'autre, instinctive et sensible, sachant spontanément donner de l'amour et de l'attention sans créer de malentendus.

J'étais inquiet pour Pierre. Il avait fait un pas énorme en direction de ses rêves, mais il n'était pas encore assez égoïste pour résister aux réalités. Il lui fallait un électrochoc. Une épreuve qui lui créerait des liens.

Cette fois, je ne me suis pas raté. L'autobus est tout de même plus sûr que les barbituriques, même si c'est moins beau à voir. J'ai choisi le 98, loin des lignes où circulait Pauline, et j'ai pris soin d'ouvrir un journal avant de traverser d'un coup, pour ne pas compromettre le versement de mon assurance vie. Ce fut un drame de la distraction. *Retraité fauché par un bus*, voilà tout ce que les journaux ont retenu de mon existence. Mon union avec une sculptrice, mes deux traités de philosophie publiés à compte d'auteur et mes palmes académiques ont été réservés aux faire-part.

Pauline assiste à mon enterrement, de loin, pour ne pas gêner la famille biologique. Pierre se retourne constamment pour la regarder. Sa femme et ses enfants se tiennent à droite de ma tombe, et lui s'est installé tout seul à l'extrême gauche, ostensiblement, pour bien consommer la rupture. Colette, qui désapprouve, a pris le parti de sa belle-sœur. L'ouverture de mon testament promet d'être sanglante.

Je n'ai jamais consacré beaucoup de temps au divin dans ma carrière, évacuant le problème chaque année en donnant à mes élèves comme premier sujet de dissertation : « Dieu est mort. » À eux de retrouver la citation, de la commenter, la justifier ou la combattre. Moi, je m'en lavais les mains.

Apparemment, Dieu n'est pas rancunier, s'il est toujours vivant. En tout cas, il exauce les vœux des suicidés. À peine ma caisse avait-elle atterri dans le trou que mon fils allait chercher Pauline derrière son cyprès, la prenait par la main et l'emmenait en pleine lumière, au premier rang d'obsèques, sous les murmures indignés de la maigre foule. Ensemble, ils m'ont envoyé une poignée de terre, et le bouquet de violettes que Pauline m'avait apporté. Elle lui souriait, dans ses larmes, sa jupe plissée bleu marine agitée par le vent. Et, dans le regard de Pierre, j'imaginais le petit-fils qui peut-être, un jour, naîtrait de mon décès.

– Au revoir, Armand, a murmuré Pauline quand les fossoyeurs ont commencé à reboucher le trou. J'aurais voulu vous garder toute ma vie.

Avec tout de même une petite pointe de regret, je suis parti rejoindre ma femme dès la dernière pelletée.

Du même auteur
aux Éditions Albin Michel :

LA FILLE DU RANG DERRIÈRE, Bourse Goncourt du premier
roman, 2004.

MAGIC RETOUCHES, 2009.

TARTELETTES, JARRETELLES ET BIGORNEAUX, 2011.

QUELQUE CHOSE DE LUI, 2014.

Le Livre de Poche s'engage pour
l'environnement en réduisant
l'empreinte carbone de ses livres.
Celle de cet exemplaire est de :

300 g éq. CO_2
Rendez-vous sur
www.livredepoche-durable.fr

PAPIER À BASE DE
FIBRES CERTIFIÉES

Composition réalisée par IGS-CP

Imprimé en France par CPI
en mars 2015
N° d'impression : 2014635
Dépôt légal 1re publication : mai 2008
Edition 03 - mars 2015
LIBRAIRIE GÉNÉRALE FRANÇAISE
31, rue de Fleurus - 75278 Paris Cedex 06